# 明　　见

见前所未见

How to eat right

林卫辉 —————— 著

SPM 南方传媒 | 广东人民出版社
·广州·

## 图书在版编目（CIP）数据

吃对了吗 / 林卫辉著 . — 广州：广东人民出版社，
2022.8

    ISBN 978-7-218-15821-1

    Ⅰ . ①吃… Ⅱ . ①林… Ⅲ . ①散文集－中国－当代
Ⅳ . ① I267

    中国版本图书馆 CIP 数据核字（2022）第 106158 号

CHI DUI LE MA

吃对了吗

林卫辉 著

**出 版 人**：肖风华

**责任编辑**：李力夫
**责任技编**：吴彦斌　周星奎
**装帧设计**：Double Z Studio

**出版发行**：广东人民出版社
**地　　址**：广东省广州市越秀区大沙头四马路 10 号（邮政编码：510199）
**电　　话**：（020）85716809（总编室）
**传　　真**：（020）83289585
**网　　址**：http://www.gdpph.com
**印　　刷**：恒美印务（广州）有限公司
**开　　本**：880mm×1230mm　1/32
**印　　张**：8.25　**字　数**：206 千
**版　　次**：2022 年 8 月第 1 版
**印　　次**：2022 年 8 月第 1 次印刷
**定　　价**：68.00 元

如发现印装质量问题，影响阅读，请与出版社（020-85716849）联系调换。
售书热线：（020）87716172

**1**

## 第一篇：柴米油盐

# 2

## 第二篇：吃个明白

**3**

## 第三篇：美味佳肴

4

## 第四篇：味兼南北

吃对了吗

PRE-
FACE

序言

饮食美学和
科学的结合

"食在广州"。我祖籍新会，世居广州西关，是纯正的粤人，也是地道的广州人。但是，我对"食"全不理解，平常吃饭，囫囵吞枣，只求填饱肚子。有时和亲朋上馆子小叙，又只顾高谈阔论。即使摆上美馔珍馐，也像"牛嚼牡丹"，食而不知其味。

　　前两年，央视播放《舌尖上的中国》，看到了祖国各处有那么多美食，五花八门，色彩缤纷，虽然视觉上得到享受，但味觉却没有感觉，白流口水而已。最近，拜读了林卫辉君所著的几部有关饮食的著作，特别读了他的近著《吃对了吗》，让我懂得了"吃"是一门深奥的学问，是一门艺术，更是饮食美学和科学结合的学问。

　　吃，是动物生存的第一要义。孟老夫子说："食色性也。"对人类来说，食，是为了生存；色，是为了发展。这两者，是人类的根本问题。而"食"，吃饱肚子，是第一位的，没有食物，不能生存，也谈不上生儿育女和人类的发展问题。

　　汉代的郦食其说得最坦率："民以食为天。"没有食物，老百姓就没有生存的可能，其他一切免谈。因此，在我国远古的神话中，就把对"食"有贡献者视为祖先或偶像，像"庖牺氏""燧人氏""神农氏"等。中华民族之所以称为炎黄子孙，《说文解字》的解释是炎从火，黄从田，都和食物烹饪和获得有关。可见，我们祖先最重视的从来是"吃"亦即生存问题。

　　中国传统的哲学思想，是"天人合一"。为祈求上天亦即自然界"风调雨顺"，给予人类丰厚的饮食物资，才能确保社会安定。因此，当时统治者和家家户户的百姓，都要向上天和祖先致祭。而"祭"字，上边从手从肉；下边的"示"，就是天神的意思。可见，远古的人，是以手拿着肉，亦即以食品拜祀上苍，为的也是希望能得到神明给予更丰厚的食品反馈。这样祭祀，又被视为"禮"（礼）。禮，左边的"示"指神；

右边的"豊"，是贵重的盛器，里面盛的应是酒食。我国早期的经典《礼记·礼运》说："夫礼之初，始诸饮食""犹可以致敬于鬼神"。从以饮食向鬼神献供致祭的做法中，可见食品分明是天人沟通的媒介，这又说明了"吃"的重要意义。

随着生产力的发展，也随着生产关系的变化，在有条件的情况下，人们会把食物的制作精细化，人的味蕾也随着饮食制作而绽放。那"在陈绝粮"的孔夫子，尝过了饿肚子的滋味，不也提出了"食不厌精，脍不厌细"的见解吗？而且，他老人家还提出"色恶，不食……割不正，不食"。这就是对食品的制作技术有严格的要求了。在文化不断积累向前发展的情况下，生活条件较好的人家，对食物的种类越来越挑拣，味蕾越来越发达，烹饪的技巧越来越精致，于是出现了美食家。

有人喜欢吃，既懂得怎样才能吃得好，又能总结经验，写出了"食经"。像明清之际，李渔和袁枚分别在《闲情偶寄·饮馔部》和《随园食单》中，详细撰写了食品制作，还涉及与饮食有关的传说。这两位"吃货"的文章，写的生动有趣，上述两书也不失为我国古代有关饮食方面的名作。但是，它们都无法与卫辉君的《吃对了吗》等饮食著述相比。"长江后浪推前浪"，这是历史发展的必然。何况李渔和袁枚，而没有像卫辉君那样，具有美学知识和现代科学知识，能把两者交融论述。

食品好吃或不好吃，主要是依靠人的味蕾来辨别。人，作为审美主体，具有味觉、视觉、触觉、听觉、嗅觉等方面的生理功能和心理素质。当审美客体通过不同方式进入人的大脑皮质细胞中的不同区位，就会产生不同的效应，从而对事物有不同的评价。当然，人类产生审美的渠道，是不同的，例如，看美术作品或书法，靠的是视觉；听音乐，靠的是听觉；观赏电影或舞台演出，靠的是视觉和听觉。至于食品好吃不好吃，主要则是通过味蕾产生的味觉进行判断，而不能"中看不中吃"。

**饮食美学和科学的结合**

所以，"味"字，由从"口"的象形和从"未"的形声构成。当然，如果要让人胃口大开，当食物被捧上桌，即让审美主体垂涎三尺，那就要靠色、香、味三者俱全了。换言之，亦即要让人的视觉、嗅觉和味觉，同时在大脑细胞不同区域产生强烈的刺激。就这一点来说，如果能制作出色、香、味俱全的食品，那么，它触发味觉、嗅觉、视觉同时起动的审美过程，甚至要比其他艺术品种更为复杂。

在我国传统文化中，如何制作珍馐，备受重视。人们不是说，政治首脑要"调和鼎鼐"么？这就是把管治社会和处理自然界的能力，和烹饪的能力，作为比喻。自然界、社会和人、个人的关系，是存在矛盾的，这需要调和；同样，在食物中，有"甘、酸、苦、辣、咸"五种不同的味道，它们之间是存在矛盾的，烹饪者也需要使它们调和，才能统一炮制出美味佳肴。正如《吕氏春秋》所说："调和之事，必以甘酸苦辛咸，先后多少，其齐甚微，皆有自起。"这是认为，食品本身各有不同的自然存在的滋味，要让它们齐一地综合调和起来，机会虽然很微小，但是，善于烹饪的厨师，又必须能够把不同物质的滋味调和起来。

"和"即和谐。按我国传统文化，认为事物存在矛盾统一的辩证特性，能够把矛盾或差异融合在一起，调和在一起，这就是"和"，就是美。所以，广州人也称美味为"和味"。如果事物只把同一的声音、同一的颜色、同一的味道，齐一地合在一起，这称之为"同"，同就是单调，它是不能产生美感的。其实，古人早就认识到这一道理，《国语》一书，在"郑语"中指出："以他平他谓之和，故能丰长而物归之。若以同裨同，尽乃弃矣。"进一步，它还强调："味一无果。"这就清楚地指出，要让食品具有美的滋味，需要把不同食品的不同性质，以及不同的烹煮手法，认真、仔细地调和起来。袁枚经常和厨师研究食物制作的方法，他说："凡事不可苟且，而于饮食尤甚。"厨师王小余也告诉他："作厨如作医，吾以一心诊百物之宜，而谨审其水火之齐，则万口之甘如一口。"

从孔夫子对美食的重视，到李渔、袁枚和诸多厨师不断记录和研究如何制作美味佳肴的方法，以及记录种种掌故的情况看，我们的先辈对"吃"的有关看法，已经超越把饮食仅仅作为维持生命的手段，而升华为属于哲学范畴的审美观问题。

有意思的是，我国古代文学家，已把"味"不仅视为饮食审美的重要方面，而且把文学作品有没有"味"，视为它能否达到高层次水平的标尺。唐代司空图说："辨于味而后可以言诗。"刘勰在《文心雕龙》中也指出："五言居文词之要，是众作之有滋味者也。"他们都把"味"作为诗文的审美要素。

本来，味觉主要是通过舌上味蕾来辨别食品的美味，但是，味又可以引申为产生旨趣的意思。蔡邕说："味道守真。"这里，"味"作动词用，有品尝之义。"品"字从口，当然和"食"有关。所以，司空图和刘勰，从"味"的角度来评价诗文，分明是把美好的文学作品，视为"食粮"，它不是物质的，却是对人们有重要意义的精神食粮。

确实，诗文铿锵的声韵，优美的文采，加以更为重要的题旨，这些方面融为精神食粮，同样能够刺激人在大脑中贮存满足感觉的皮质细胞。在这里，以"味"或"滋味"的用词，来表现对精神食粮的审美感受，说明了它能让作为审美受体的读者，进入更高的精神境界，也正好清楚地表明，人们已经把饮食的"味"，进一步升华为属于文学中审美的标准。

其实，人们的饮食习惯和喜好，在不同的阶段是会发展和演变的。不同的历史和自然条件，不同的宗教信仰，长期形成的生活习惯，都会让不同地区的人，产生不同的味觉，形成不同的饮食特色，这就出现了法国菜、俄罗斯菜、印度菜，以及中国菜中的粤菜、川菜、晋菜等八大菜系的区别。我特别注意到，卫辉君在他的大著中，在这些方面也有所阐述。

*饮食美学和科学的结合*

我不是"吃货"，更不会做菜。有几回，在美国，朋友盛情邀请我到他们家里聚会。做饭时，我吃惊地看到，他们竟拿出像辞典般厚厚的菜谱，选定了菜式，然后依样画葫芦，按照书上规定的制作程序烹煎，连调料该用多少克，计算火候的时间分秒，也按书上的规定进行。我不能不佩服他们在烹调时，也像在化学实验室中工作那样严谨。但我在中国菜馆参观时，从未见过名厨们拿着书本作业。当然，他们也有师傅传授烹饪的技艺，却不会"一部通书睇到老"，而是会按照条件的变化，了解食者的口味，也根据自己的审美意趣，进行制作。于是，捧到桌上的食品，俨然是色香味俱全并且具有个性化的艺术品。以粤菜为例，"无鸡不定宴"，但不同的菜馆，不同的厨师，每店对鸡的烹调，厨师们各有不同的心得，于是就有了"清平鸡""太爷鸡""市师鸡"等区别。

　　总之，烹调之法，也像岳飞用兵一样，"运用之妙，存乎一心"。名厨在制作食品时，也和诗人一样，把不同的动植物、佐料，以及环境气氛，作为审美客体；厨师自己，是审美主体。制成的食品是审美载体；食客是审美受体。当食客咀嚼食物的时候，又会根据自己的嗜好，味蕾上会感受到不同的滋味。在这方面，"吃"的审美过程，与诗词的艺术创造，是相通的。显然，刘勰、司空图等评论家，把"味"这难以言传而更多属于主观感受方面的"虚"，和食物材料本身存在化学分子结构的"实"，相互结合，用以说明传统诗歌创作虚实结合的艺术风格，这很能展现我国民族传统文化的特色。

　　据我所知，卫辉君毕业于中山大学法律系，这位研习社会科学方面的校友，把食品"吃"的滋味，能运用生动流畅像说平常说话一样又富有趣味的语言，传达出美味佳肴的"诗意"，这实在很不简单。有些著述中还带有彩照插图，那烧鹅、东坡肉的图片，让读者看得垂涎欲滴，而《吃对了吗》，即使不看插图，在作者生动的描写和叙论中，牵带出了不少与饮食有关的故事传闻，也能让读者感到趣味盎然。

序言

作者这本书，共分四篇。第一篇主要论叙食品的原料，第二篇主要论叙配料的作用，第三篇主要论叙海鲜的特色，第四篇主要论叙食品的地方风味。就全书格局而言，它是一本具有学术性的论著。但是，作者把它分为四篇，分开为四十三个小节，每节冠以趣味性的小标题，像"秋天的第一杯奶茶""爱之深恨之切的香菜"等，系统而又生动的描写，让人如读一篇篇悦目的散文，于是，食品的吃之滋味，也从作者的笔下溢出。

卫辉君一方面查阅历史文献，描述我国有关饮食的资料，更重要的是，他根据生物学、物理学、化学、营养学和食品工程学等科学原理，分析食品为什么会产生不同的味，以及食品为什么会对人体的健康有利或有害的科学性问题。

老实说，我在吃东西时，只知道什么好吃，什么不好吃。读了《吃对了吗》，才知道是物理原理和化学的分子式等，在我的肚子里起着作用。像煮饭，卫辉君指出，用浅底锅与用深凹锅的效果，完全不同，若用深凹的锅，热气不是直接蒸发，而是以螺旋型转动或停留，这就能把米粒煮透煮熟，饭做出来，米香外溢，分外好吃。在端午节，广州人分外喜欢吃用糯米蒸成软中有韧的碱水粽。为什么这种食品有如此奥妙的特质？卫辉君告诉读者，原来糯米的主要成分是淀粉，淀粉中有谷蛋白。谷蛋白有直链和支链两类。而糯米成分是支链淀粉，含有几千个葡萄糖单元，分子结构相对不稳定，黏性较大。糯米中还有谷蛋白质，它有许多半胱氨酸，由硫原子和氢原子组成。当在糯米中加入碱，氢原子被调走，剩下的硫原子成为"二链硫"，糯米中的谷蛋白，便形成巨大的网络。这个网络被外力作用，就产生变形而不易断裂的效果。如果要咬断咀嚼，牙齿必须稍为用力。这就是筋道，亦即有一种粤语所谓"烟烟韧韧"有趣的味觉。又例如说鳝鱼为什么富有营养，于人体有益？是因为它的肉，每100克有高达1.4克的脂肪；为什么它味道鲜美？是因为它每100克的肉有高达18克的蛋白质。经过高温烹煮，其大分子发生美拉德反应，

饮食美学和科学的结合

分解为呈鲜味的氨基酸；其小分子，则为味蕾所吸收，于是让人的味觉产生甘美的反应。我记得，在小时候，凡是生病后，家里往往给吃黄鳝炊饭，说是可以滋补身体。当时开怀大嚼，嘴巴充分发挥审美味作用，谁知在肠胃里，化学分子在大起科学的作用！

以上，是我拜读了《吃对了吗》后的一点心得。希望卫辉君能继续运用文理交融的本领，把我国的饮食学研究，向前推进。

黄天骥

2021 年 11 月 8 日
作于中山大学中文系

**1**
———
**第一篇**

柴米
油盐

# 1. 生活（火）离不开柴

　　宋代吴自牧在《梦粱录》卷十六"鲞铺"中说："盖人家每日不可阙者，柴米油盐酱醋茶。"其中，"柴"排在第一位。农耕社会，吃饭是第一需要，没有了柴火，只能生吃，如何是好！

　　生火离不开柴，"柴"字从"木"，"此"声，能生火的，不仅仅有柴，还有薪和草，古人分得很清楚。《礼记·月令》说"大者可析谓之薪，小者合束谓之柴"，"析"字的本义就是拿斧劈木。而这句话的意思是：大的又可劈开的叫薪，小的要捆在一起的叫柴。当然，古人也用草来做饭，只是草不耐烧，麻烦，但没薪柴时也只能将就。《汉书·沟洫志》就有"是时，东郡烧草，以故薪柴少"。

　　做顿饭，又是砍柴又是烧薪，弄得灰头土脸，很是辛苦，所以人类一直在找更方便更高效的燃料。煤首先被发现，用煤作燃料，有史料记载，大概始于春秋年代。《吕氏春秋》中记载了孔子和众弟子被困陈地、蔡地时的一个故事，其中说到了煤。

　　孔子穷乎陈蔡之间，藜羹不斟，七日不尝粒。昼寝，颜回索米，得而爨之，几熟。孔子望见颜回攫其甑中而食之。选间，食熟，谒孔子而进食，孔子佯装为不见之。孔子起曰："今者梦见先君，食洁而后馈。"颜回对曰："不可，向者煤炱入甑中，弃食不祥，回攫而饭之。"孔子叹曰：所信者目也，而目犹不可信；所恃者心也，而心犹不足恃。弟子记之，知人固不易矣。

　　　　　　　　　　　　　　　　　　第一篇 ／ 柴米油盐

这段话的大意是说孔子和弟子们被困七天没吃饭，颜回找来了一点米，于是烧火做饭，饭快熟了后，孔子看到颜回伸手去锅里拿饭吃，于是含沙射影地说颜回。颜回说不是这样的，刚才煤灰掉进饭里，丢了可惜，我怕浪费，所以拿去吃了。孔子于是感叹，眼见不一定是事实。这里说到"煤炱"，就是煤灰，可见那时已经有煤，只是不多见，而且物流不发达，所谓就地取材，所以没有推广。

工业化时代，"用柴火烧饭"基本退出了历史舞台，连煤也因为污染空气"被扫地出门"，煤气和电成了新的燃料。但柴火饭特有的香味，倒是时时勾起城里人的回忆，有些农家乐，就打出"柴火做饭"的招牌，很是吸引人。

柴火饭之所以有香味，一是因为有镬气，也就是锅气。当食物遇上高温，经过化学反应后就会生成类黑精，成百上千个有不同气味的分子，形成了食物的独特风味。当然，用柴火做饭，灶的设计要有利于柴火的燃烧，必须是深陷式的，因此做饭的锅也必须是深凹式的。流体物理学告诉我们，用深凹式的锅炒菜，热气流不是直接蒸发了，而是螺旋式停留在锅内，这样更有利于热力的聚集，所以更有镬气。

另外，用柴火做饭，柴火特有的香味也会随着柴火的燃烧变成气体。气体中有数百种化合物，其中有好多种香味，包括萜烯类，这些气体附着到食物上面，产生了不一样的味道。烟熏类食物，比如北京烤鸭用果木，广州烧鹅和烧鸡用荔枝木，也是利用这个原理制造出令人着迷的味道。这类人间烟火，对现代人来说，麻烦得很，让你每天砍柴做饭，估计你宁愿点个外卖将就一餐算了。

当然，也不是任何柴火都有香味。《晋书》就记载了一个反面的例子：西晋时的尚书令荀勖，"尝在帝坐进饭，谓在坐人曰：'此是劳薪所炊。'咸未之信。帝遣问膳夫，乃云：'实用故车脚。'举世伏其明识。"这段话翻译过来大概就是：大家陪晋武帝吃饭，荀勖跟大家说，这些饭菜用旧车轮的木头烧的。大家不相信，晋武帝向厨师求证，确实是用旧车轮当木柴烧的。古时的车轮是用木头做的，为了润滑车轮，会把油脂涂在车辖辘上，烧车轮木时，油味随着气体飘进菜里，所以嘴刁的荀勖尝了出来。

柴火做饭之所以被淘汰，还与火候控制不方便有关。煤气灶、电力灶，开关左拧右拧，就可以很方便地控制火候。烧柴火，猛火时加薪，慢火时撤薪，加薪时效果还不是马上就可以呈现，既急死人，也累死人，这种体会，我小时候体验过。那个时候，我大姐掌勺，我负责掌火，大汗淋漓、灰头土脸，就是一日三餐。

而火候，正是烹饪的关键。"大吃货"袁枚在《随园食单》中强调：熟物之法，最重火候。有须武火者，煎炒是也，火弱则物疲矣。有须文火者，煨煮是也，火猛则物枯矣。有先用武火而后用文火者，收汤之物是也；性急则皮焦而里不熟矣。

你看，什么时候用猛火，什么时候用小火，门道深得很，一边要烧柴掌握火候，一边还要掌握勺中乾坤，不弄个手忙脚乱才怪，所以，柴火必须淘汰。

别看我们现在谈柴论薪，家常得很，但这种平常的生活，却不是每个人都"唾手可得"的，唐伯虎就曾写过这样一首诗：

柴米油盐酱醋茶，

般般都在别人家。
岁暮清闲无一事，
竹堂寺里看梅花。

　　这首诗名为《除夕口占》，写于除夕。可怜的唐伯虎，除夕夜还为柴米油盐酱醋茶烦恼。我们平民百姓，日子过好了，也就出息了！

# 2. 大米——满足温饱的第一大功臣

还在三十年前，中国人见面打招呼的常用语是："你吃饭了吗？"这里说的"饭"指的是米饭，与今天说的"我请你吃饭"相比，内容可是寡淡了许多。别小看这种"寡淡"，那时候的中国人，能有白米饭吃，已经是富足的标志。

大体上讲，北方人的主食是面，南方人的主食是米，国人吃大米的大约占了60%。不仅中国人以大米为主食，全世界大约有一半人也吃大米，尽管玉米和小麦的产量在水稻之上，但解决人类肚子问题的第一大功臣还是大米！

开门七件事，柴米油盐酱醋茶，米排第二位，重要得很。中国人总把米挂嘴边："你吃饭了吗？"，这是打招呼；"巧妇难为无米之炊"，说的是无条件办不成事；"食盐多过你食米"，意喻经验比他人丰富；"一样米养百样人"，比喻社会上各形各色的人吃得都一样，性格却各异；"偷鸡不成蚀把米"，说的是贪心得不到好处还要受害其中；"不为五斗米折腰"，说的是做人要有骨气……米如此重要，如此熟悉，但是，你真的了解大米吗？

说别的东西好不好吃，还很难统一意见，但说大米不会，因为它有大家认同的统一标准：软糯、香口、有嚼头、无渣。这些标准对应的专业术语是黏性、韧性、弹性和脂肪含量。

大米的主要成分是水分、碳水化合物、蛋白质、脂类、矿物质和维生素等，其中 10% 左右为水分，10% 左右为蛋白质、脂类、矿物质和维生素，80% 为碳水化合物，就是淀粉。淀粉和糖一样，也是由碳、氢、氧组成，氢和氧组成水，所以叫碳水化合物。淀粉有直链淀粉和支链淀粉两类。直链淀粉含几百个葡萄糖单元，一个接一个的一根长链，分子结构比较稳定。支链淀粉含几千个葡萄糖单元，淀粉分子像大树一样主干分叉，分子结构相对不稳定。在天然淀粉中，直链淀粉占 22%~26%。

上面两类淀粉的含量、空间结构和相互关系，是影响大米质量优劣的重要因素。直链淀粉经熬煮不易成糊，冷却后呈凝胶体。支链淀粉熬煮后易成糊，其黏性较大，但冷却后不能呈凝胶体。也就是说，含直链淀粉少、支链淀粉多的大米，熬煮后软糯、有黏性、有弹性，放凉后不会返生，这就是好吃的大米！

大米好不好吃，由直链淀粉含量决定，20% 是一个界线，越低越好，超过 20% 就不好吃了。而直链淀粉低于 20%，除了品种外，还与气温有关，水稻灌浆期的平均气温为 23~25 摄氏度，昼夜温差大于 10 摄氏度，才能形成低于 20% 的直链淀粉。好了，符合这个条件的，是粳米和部分晚造籼米。

　　粳米米粒一般呈椭圆形或圆形，米粒丰满肥厚，横断面近于圆形，长与宽之比小于 2，颜色蜡白，呈透明或半透明，北方的水稻一般为粳米，一年只有一造。优秀品种有五常大米、响水大米。

　　籼米米粒呈细长或长圆形，长者长度在 7 毫米以上，蒸煮后出饭率高，黏性较小，米质较脆，加工时易破碎，横断面呈扁圆形，颜色白色透明的较多，也有半透明和不透明的。根据稻谷的收获季节，分为早籼米和晚籼米。早籼米米粒宽厚而较短，呈粉白色，腹白大，粉质多，质地脆弱易碎，黏性小于晚籼米，质量较差。晚籼米米粒细长而稍扁平，组织细密，一般是透明或半透明的，腹白较小，硬质粒多，油性较大，质量较好。南方的米绝大部分为籼米，其中部分晚籼米的直链淀粉也低于 20%，属于好吃的大米比如丝苗米、油粘米、泰国香米。

　　五常大米是《舌尖上的中国》推荐的最好吃的大米。它有着清淡略甜的香气，绵软略黏，芳香爽口，饭粒表面油光艳丽，剩饭不回生，确实好吃！清道光十五年（1835年），吉林将军富俊征集部分朝鲜人在五常一带引河水种稻，所收获稻子用石碾碾制成大米，封为贡米，专送京城，供皇室享用。咸丰四年（1854年），清政府在当地设立了"举仁、由义、崇礼、尚智、诚信"五个甲社，以"三纲五常"中"仁、义、礼、智、信"五常为名，因此称此地为五常。

响水大米也非常好，响水大米是黑龙江省牡丹江市宁安市渤海镇的特产，据《新唐书·渤海传》记载，当时渤海国进贡给唐王朝的贡品之中，就有响水大米。自唐代以来，至宋、元、明、清，响水大米始终是历朝贡米，为皇室所享用。

响水大米之所以品质优良，名望远播，得益于其优异的生态环境。其生长的土地为古代火山爆发时，岩浆流淌凝固而成的大面积玄武岩"石板地"，所以也叫"石板米"。腐殖土积于其上，厚度达 20~30 厘米，其水质为镜泊湖流出的牡丹江上游水及地下泉水，水质洁净优良，无任何污染。由于大面积石板地反射热量，使地温、水温比一般稻田高出 2~3 摄氏度，水稻成熟度高，造就了响水大米独特的米质。灌溉响水大米的镜泊湖水，流经渤海镇，有一个瀑布，当地人将瀑布称为响水，响水大米因此得名。

不论是五常大米还是响水大米，主要得益于良好的土壤和水源，还有合适的气候条件。这两个地方都处于北纬 44 度，这就是著名的"北纬 44 度现象"，世界级的农产品均产于这一黄金地带。这两种大米的直链淀粉均只有 16% 左右，得益于这个地方的昼夜温差大。

直链淀粉多的大米不好吃，但也并非一无是处。比如广东的煲仔饭、各地的炒饭，直链淀粉含量高、黏性低的早籼米由于黏性低，不容易结成团，此时缺点变成了优点；又比如做米粉，也不要黏性，早籼米就是最好的选择；早籼米的直链淀粉高，分子结构紧密，所以含水量少，做储备粮再合适不过；直链淀粉遇水膨胀，加热时互相连接，再降温时会形成紧密的晶状结构，这种结构我们身体的淀粉酶无法分解，不被分解吸收，所以称抗性淀粉，它能给人饱足感，但又不产生热量，对于糖尿病人和减肥人士来说，这种不太好吃的大米就是最佳选择。

营养专家推荐大家吃糙米，这靠谱吗？把稻谷去除谷壳，就是糙米，糙米表面还有许多纤维，影响口感，把这一层纤维去掉，就是我们日常吃到的精米。这层影响口感的纤维，就是糙米与精米的区别。糙米里面有膳食纤维，每100克高达4克，我们每天需要25克膳食纤维，相比之下这个量还不小。这里面还有铁锌等矿物质、维生素B和抗氧化成分，这些东西对身体都很好。所以，从营养角度看，糙米确实更胜一筹。

白米的香气含青绿味、菇蕈味、类黄瓜味和"脂肪"气味成分，还含一点爆玉米花的香气、花香和干草香，糙米除了这些香味，还含有香草醛和类似枫糖味的葫芦巴内酯，所以，糙米更香。但是，糙米的纤维确实影响口感，而且，在糙米中保留下来的矿物质中，也有对人体有害的砷，尽管精米也有砷，但糙米砷含量是精米的十倍。当然，即便是砷，也是要讲量的，足够大才对人体造成危害，平时我们可以忽略不计，除非是高砷地区所产的"毒大米"。

顺便说一下，潘金莲毒死武大郎的毒药就是砷。事物总有好的一面，也有不足的一面，如何取舍，你看着办。

大米很重要，但又很普通，拿来做口头禅的多，但写大米写得好的少，以下这首诗是公认的第一佳作：

锄禾日当午，
汗滴禾下土。
谁知盘中餐，
粒粒皆辛苦。

诗出自中唐诗人、宰相李绅，诗名《悯农》早已家喻户晓，诗人李绅也因为这首诗名声大噪。我们读书时老师告诉我们，这首诗写出了劳动人民劳作不易，要珍惜粮食，也反映了作者对劳动人民的同情。但事实是否如此呢？

李绅早年丧父，日子过得确实辛苦，但发迹后的李绅，奢华得很。传说他喜欢吃鸡舌头，一盘菜用了三百只鸡，只取舌头，"余皆弃之不用"。这个传说倒不足信，自己不吃，还可以给府上的人吃，不至于"弃之"，但李绅平常的花费惊人则是板上钉钉的事。

据记载，李绅一餐饭的花费多达上百贯钱，有时甚至上千贯，连一向惜字如金的史书，也毫不客气地给了李绅"渐次豪奢"的评价。李绅的奢华，连刘禹锡都看不下去，有次李绅请刘禹锡吃饭，席间有歌女献酒，刘禹锡写下了这首《赠李司空妓》：

> 高髻云鬟宫样妆，
> 春风一曲杜韦娘。
> 司空见惯浑闲事，
> 断尽苏州刺史肠。

那时的李绅，官职是司空，相当于住建部部长。这顿奢华宴会，顺便贡献了一个成语"司空见惯"。一个出身穷苦的人，发迹后却如此奢华无度，这种人，多了去了，不值得大惊小怪！

# 3. 油，也要控制着吃

2020 年 9 月 1 日是第 14 个"全民健康生活方式日"，国家卫健委将当年的主题定为"健康要加油，饮食要减油"，并发布了十条减油宣传核心信息，包括建议健康成年人每天烹调油摄入量不超过 25 克；提倡使用不粘锅、烤箱、电饼铛等烹调器具，以减少用油量。现代都市人普遍营养过剩，减油确实有必要。

我们日常烹调用油，动物油多为猪油，饭店偶尔会用牛油、鸡油，更多时候用的是植物油，包括菜籽油、花生油、火麻油、玉米油、橄榄油、山茶油、棕榈油、葵花籽油、大豆油、芝麻油、亚麻籽油（胡麻油）、葡萄籽油、核桃油、牡丹籽油等。

之所以在烹饪时用油，一是用油脂作为传热媒介，比如油炸或油煎。由于油脂的燃点较高，加热后能加快烹调速度，缩短食物的烹调时间，减少食物内部汁液和水分的流失，从而使原料保持鲜嫩。适当地掌握加热时间和油的温度，还能使菜肴酥松香脆。肉类在油脂的高温干预下还会发生美拉德反应，大分子的蛋白质分解为小分子的氨基酸，使得味道更加鲜美。

二是改善菜肴的风味。油以高于水或蒸汽的温度，迅速驱散原料表面及内部的水分，油分子渗透到原料的内部，使菜品散发出诱人的芳香气味，从而改善了菜肴的风味。

三是增加营养成分。在烹调过程中，由于脂肪渗透至原料的组织内部，补充了某些低脂肪菜肴的营养成分，从而提高了菜肴的热量，即营养价值。在物质匮乏年代，这一点非常重要，而对于现在都市人群，大家普遍营养过剩，就没什么必要了。尽管如此，没有油脂的参与，清汤寡水，味道确实不佳。从美食角度讲，油不仅不可或缺，更是美味的来源之一，减不得！

问题是，油就是脂肪，含有较高的热量，如今生活水平提高，营养补充充足，反而必须防止热量摄入过多。控油就是控热量，过多摄入热量，人体开启储存功能，变成脂肪积聚，就是肥胖，肥胖引致多种疾病，已是共识。另一方面，饱和脂肪和反式脂肪，会导致人体血浆中胆固醇含量增加，从而引发心脑血管方面的疾病。

动物油、肥肉、奶酪、全脂牛奶，都是饱和脂肪，油炸食品有可能带来反式脂肪。任由嘴巴胡来，后果相当严重。从健康角度看，油必须减下来！

广告里经常说的"压榨花生油"，是不是更健康呢？"压榨法"和"浸出法"是食用油的两种基本制作工艺。这两种方法的区别在于，"压榨法"是靠物理压力将油脂直接从油料中分离出来，出油率可达70%，而"浸出法"则采用溶剂将油脂原料经过充分浸泡后，进行高温提取，这些溶剂，比如正己烷，因为油料打碎后的植物油与它有很强的亲和力，几乎所有的油都会跑出来，形成油与溶剂的混合物，把油料残渣去掉，稍微加热，这些溶剂遇热挥发，就得到纯净油。

"浸出法"能得到更多的油，因此成本更低，成为主流，只要按照工艺要求严格执行，就不会有正己烷残留。这两种方法，在健康方面没有差别！但土榨油会更好吗？小作坊榨出的油感觉更香，这是因为小作坊的榨油工艺与工业化工艺不一样。小作坊榨出的油，在食品技术上叫"粗油"，除了油的主要成分甘油三酯外，还有磷脂和游离脂肪酸等杂质，就是这些杂质，令土榨油更香。

现代食品工业要对粗油进行精炼，去除杂质，并且脱色。为什么要进行精炼呢？油烧到一定温度会冒烟，这就叫"烟点"，油冒出的烟含有丙烯醛等有害物质，对眼睛和呼吸道有危害，可以用来制造化学武器。未经精制的粗油烟点低，比如花生油，只有160摄氏度，而精炼之后的花生油，烟点可达223摄氏度。所以，从安全角度看，土榨花生油不如精炼的油好。但如果用于拌鱼生吃，当然是土榨油更香。

从营养角度看，土榨油有一些对健康有益的成分，比如植物甾醇和维生素E，这又优于精炼油。需要说的是，平时做菜等油冒烟才下佐料和食材，这是错误的操作！食用油的香气成分主要包括醛类、酯类、醇类、酮类、吡嗪类、吡啶类、吡咯类、呋喃类、噻唑类、噻吩类、萜烯烃、含硫化合物、含氮化合物等，这些成分的种类、含量、感官阈值和它们之间的累加、分离、抑制、协同等作用，客观地影响着食用油中香气的含量和品质。

不同的油，香气成分总量不一样，所以香味也不一样，大体上，动物油香气成分总量最高，达到85%以上，在植物油中的排序是：

亚麻籽油（79%）>花生油（72%）>橄榄油（67%）>葵花油（38%）>调和油（9%）。如果想得到香味，这些数字可供参考。

各种油有不同的功效，大豆油中富含卵磷脂和不饱和脂肪酸，易于消化吸收。卵磷脂被誉为与蛋白质、维生素并列的三大营养素之一，可以增强脑细胞活性，帮助维持脑细胞的结构，减缓记忆力衰退。

花生油成分中80%以上都是不饱和脂肪酸，包括人体所必需的亚油酸、亚麻酸、花生油四烯酸等多种不饱和脂肪酸，其中微量元素锌的含量也是食用油类中最高的。

橄榄油中含有不饱和脂肪酸，可以降低低密度胆固醇。橄榄油被认为是迄今所发现的油脂中最适合人体营养的油脂，具有非常高的营养价值，其中的抗氧化成分，还可以预防许多慢性疾病的产生，而且由于橄榄油在生产过程中未经过任何化学处理，其天然的营养成分保持得非常完好。

核桃油中富含丰富的磷脂，是大脑必不可少的重要营养素，对促进宝宝的智力发展，维持神经系统机能的正常运转大有好处。丰富的维生素和不饱和脂肪酸、维生素E及多种微量元素，极易消化吸收并容易贮存。核桃油中还含有角鲨烯及多酚等抗氧化物质，可以促进宝宝的生长发育，保持骨质密度，并可保护皮肤，防辐射，增强免疫力，对婴幼儿来说还具有平衡新陈代谢、改善消化系统的功效。

山茶油富含丰富的天然维生素E、角鲨烯、茶多酚。维生素E与多种酶一起构成抗氧化系统，保护人体细胞免受自由基的伤害，提高人体的免疫力。如果维生素 E 的摄取量不能满足人体的需要标准，就会导致免疫力低下，从而使人体容易受自由基侵害，活力锐减，易引发癌症、心脏病等慢性疾病。

各种油成分略有不同，价格差异很大，所谓容易吸收，对需要加强营养的宝宝和老人，就是好的，但对于想减肥的人来说，就是不好的，如何取舍，你自己看着办。

我们现在提倡减油，但在古代，油却是奢侈品，来之不易。汉代之前，那时不叫油，而叫脂膏，从动物身上获取。《礼记·内则》记述"八珍"中"炮豚"的做法，其中有一道操作工序是"煎诸膏，膏必灭之"，即放进膏油中炸，膏油要完全浸没所炸的猪，看来这是油炸整猪，不是烧猪。

《周礼·天官·庖人》："凡用禽兽，春行羔豚，膳膏香；夏行腒鱐，膳膏臊；秋行犊麛，膳膏腥；冬行鱻羽，膳膏膻。"这段话的意思是说食用肉类，春天吃羔羊乳猪，要用牛油烹调；夏天吃鸡干鱼干，用狗油烹调；秋天吃小牛幼鹿，用猪油烹调；冬天吃鲜鱼大雁，用羊油烹调。那种讲究，不亚于我们今天纠结用花生油还是橄榄油、葵花籽油。

植物油的获取约始于东汉，刘熙《释名·释饮食》："柰油，捣柰实和以涂缯上，燥而发之。形似油也。杏油亦如之。"《齐民要术》卷四"枣油法"引郑玄曰："枣油，捣枣实，和以涂缯上，燥而形似油也，乃成之。"这表明当时人们已经知道如何在植物果实中提炼出油，中国人的营养从此有了质的改善。

有一个问题至今还困扰着我，元代文学家陶宗仪的《南村辍耕录》，记载了苏东坡一首诗《咏婢》"揭起裙儿，一阵油盐酱醋香"。在厨房工作的婢女，衣服和头发上有油盐酱醋香，这可理解，但为什么要"揭起裙儿"呢？苏东坡这个油腔滑调，也有一种可能，揭起的裙儿，可能是围裙。

# 4. 从减油说到烧烤

2020 年 9 月 1 号是第 14 个全民健康生活日，国家卫健委提倡使用不粘锅、烤箱、电饼铛等烹调器具，以减少用油量，怎么没建议采用烧烤方式呢？

是的，烧烤基本不用油，而且，随着温度的升高，肉里面的油还会滴出来，确实是一种减油的烹饪方式。但问题是，烧烤是一种不健康的烹饪方式！烤肉中有两类致癌物：多环芳烃和杂环胺！

烧烤，通常会使食物碳化，而烧烤的食物又是有机物，有机物在碳化时会形成多环芳烃，其中有一种东西叫苯并芘，这是致癌的化学物质。苯并芘很常见，我们的自来水中就有，工厂排出的烟和汽车排出的尾气也有。烤肉中苯并芘在动物实验和体外细胞实验中已被证明致癌，所以也被推论对人类会致癌，没办法，总不能拿人来做实验，所以只能推论。

当然，离开剂量谈危害不科学，问题是，没法在人体上做试验，所以也就不知道剂量的界线，只能说是越少越好。但人类总不能不喝水，不开车，不开工厂，所以会从经济角度给个上限。比如，饮用水中苯并芘含量的上限是每公斤 0.2 微克，但直接在炭火上烧烤的牛羊肉上，其每公斤含量高达几十微克！

当然，我们还是可以通过改善烧烤方式把苯并芘降下来的，比如把烧烤架升高，与火相隔 5 厘米，苯并芘含量可以降到每公斤零点几微克，还可以接受；把食物放在火的侧面，几乎不产生苯并芘。油滴到炭火上会产生烟，烟中带有苯并芘，远离烟，自然就减少吸入苯并芘！这些方法不考虑烧烤时直接吸入烟，所以，安全的方法还得加一条：你负责烤，我负责吃！

烤肉中的另一类致癌物——杂环胺是肉中的肌酸、碳水化合物和氨基酸在长时间的高温下形成的，温度从 200 摄氏度提高到 250 摄氏度，杂环胺增加了三倍。减少杂环胺的方法也有几种：一是烤肉时经常翻动，这样可以让肉烤均匀又不至于温度太高；二是不要烤太熟，肉烤到五成熟，七十度左右就好了，外焦里嫩，太熟了虽然香，但不健康；三是用橄榄油、大蒜、洋葱、葡萄酒、啤酒腌肉几个小时，这些东西含有抗氧化剂，有助于清除自由基，所以可以抑制杂环胺的形成。

烧烤中的这两类致癌物质听起来令人窒息，但好消息是，它们的含量与抽烟相比，要低得多。对抽烟的人来说，可以放心吃烧烤，烟都不怕，还怕烧烤！

烧烤中的苯并芘和杂环胺，产生的前提是高温加热，但是，也正因为高温，才产生了美拉德反应，大分子的蛋白质分解为小分子的氨基酸，这是烧烤有特殊香味的来源。烧烤如此美味，以至于人们往往忽略了它可能带来的危险。不止现代人爱吃烧烤，这种烹饪手法在中国古代就已经非常流行了。

伏羲氏发明了取火做吃的，因此被认为是烧烤的祖师爷，为了纪念伏羲，人们把他称为"庖牺"。但应该说那时祖先们还不懂得烧烤，当时最简便可行的制熟方法就是将捕杀得来的野兽直接埋入火红的炭灰之中。这种方法，祖先们还为它起了个名字叫作"煨"。用"煨"的方法虽然直接简单，却极容易使食物外焦内生，尤其烧煨焦的部分，根本无法下咽而显得暴殄天物。为了解决这个问题，祖先们用湿泥将野兽涂包起来，然后埋入火灰之中，他们为它起名叫"炮"。这些，都还不是接近现代意义的烧烤。

烧烤，古人称之为"炙"。东汉许慎《说文解字》中将"炙"字解为"从肉在火上"。清代文字学家段玉裁注："有串贯之加火上也。"就是用扦子一类的东西，把肉一块块贯串起来放在火上烧烤。这种接近现代意义上的烧烤是什么时候出现的？已知最早考古文物是东汉，考古专家在山东临沂市内的五里堡村发现两幅东汉晚期的石残墓画像，上面都刻有烤肉串的景象。两幅画中的人物用两根叉的工具来串肉，然后放在鼎上烧烤，并且用扇子扇火，就像现在的新疆烤羊肉串一样。

文献资料显示烧烤出现时间更早，在秦汉时就有，《西京杂记》卷二载：刘邦为泗水亭长时，押送囚徒到骊山，友人为他饯行时，从卒赠送高祖酒二壶，鹿肚、牛肝各一。高祖与乐从者饮酒食肉而去。后即帝位，朝晡尚食，尝具此二炙。这是烤鹿肚和烤牛肝。

　　《齐民要术》对"炙"这种既主动又简单的烹饪法十分推崇，贾思勰对它有诸多精辟的赞誉。如"炙豚法"就有"色同琥珀，又类真金，入口则消，状若凌雪，含浆膏润，特异凡常也"；在说"棒炙"时就有"逼火偏炙一面，色白便割；割遍又炙一面。含浆滑美"；说到"牛胘炙"，就有"逼火急炙，令上劈裂，然后割之，则脆而甚美"；说"灌肠法"时就有"两条夹而炙之，割食甚香美"。看来贾思勰是个坚定的"烧烤粉"。

　　《隋书·王劭传》一书提到，"劭上表曰'今炙肉用石炭、柴火、竹火、草火、麻菱火，气味不同。以此推之，新火、旧火理应有异'。"烧烤技术于此时，已有明显进步，隋朝人已经知道，使用不同的燃料，所散发出的气味也有差异。到了宋朝，喜好吃的宋朝人开始发现了更多"炙"的乐趣，在《东京梦华录》中关于夜市的记载里有这么一段："冬月，盘兔、旋炙猪皮肉、野鸭肉、滴酥水晶鲙、煎夹子、猪脏之类，直至龙津桥须脑子肉止，谓之杂嚼，直至三更。"不止如此，还有："所谓茶饭者，乃百味羹……羊角、炙腰子、鹅鸭、排蒸荔枝腰子……不许一味有阙，或别呼索变。造下酒亦即时供应。"可见那会儿烧烤的形式多种多样，烧烤的食材也跟今天不相上下。

　　有趣的是，与西方和日韩相比，烧烤始终不是我们烹饪的主流。西周到两汉，主要料理方式是羹，其次是煮、炸和烤。羹就是汤，不过比现在的汤要浓得多。羹有调味，是下饭菜。那时的炙烤脯脍大多调味淡薄，不是主流下饭菜。到宋代，随着铁器进入厨房，炒逐渐位居主流。即便烹饪已经非常成熟的清代，"大吃货"袁枚的《随园食单》中记录的上百道菜中，烧烤，也只有烧小猪（烤乳猪）、烧猪肉、烤排骨、烧羊等区区几种，可见烧烤不是主流。这是为什么呢？

有人为此考证了一番，列出了以下几个原因：第一，烧烤太浪费。在艰难果腹的时代，烧烤既浪费薪柴，又浪费食材，看着火上肉食滴油，粮食焦黑，本不富裕的部落主妇心里能不滴血？尤其是浪费薪柴，柴在古代是开门七件事之首，重要得很，而且还不容易取得；第二，农耕民族本身不以肉食为主，口味清淡。烧烤不吃个飞禽走兽就没什么意思，天天吃个韭菜、大葱、南瓜什么的，不值得如此兴师动众；第三，随着陶器、青铜器再到铁制品的普及，各种食器的发达使得烹饪手段不断更新。相比烧烤，煎炒烹炸更能提供丰富口感，还更能保持营养，也更利于消化。

写烧烤诗最传神的诗人，首推清道光年间诗人杨静亭，他在《部门杂咏》中赞道：

> 严冬烤肉味堪饕，
> 大酒缸前围一遭。
> 火炙最宜生嗜嫩，
> 雪天争的醉烧刀。

严冬、下雪，围坐在大酒缸边，火炉升起，嫩肉烤出……想想都流口水！不过，烧烤虽香，为健康计，还是少吃为妙。广州城中烧烤做得好的，珠江新城临江大道的活泼活海鲜烧烤，算是一个，胜在海鲜够新鲜。

# 5. 糖，也不能多吃

又近中秋，一年一度的月饼季也如期而至。受益于发达的物流业，大家只要愿意，可以尝到各种口味的月饼，京式、滇式、苏式、粤式、潮式，朝订夕至，方便得很。朋友圈里也有不少售卖月饼、自制月饼的，月饼高利润使然，这没毛病。年节食物，是生活仪式感的重要一部分，缺了它不合适，但多油多糖的特点，又不太符合现代人的口味偏好，真是缺了不行，有它又不太受待见，纠结得很。

现代都市人多数营养过剩，既要控油，更要控糖。我们口腔里有一种蛋白质，称为味觉受器，可以感知甜味，通过神经系统传达大脑，产生愉悦感，分泌多巴胺，这就是人类喜欢甜食的原因。人体不能缺糖，它为我们提供热能，每克葡萄糖在人体内氧化产生 4 千卡热量，人体所需要的 70% 左右的热量由糖提供，所以低血糖会让人感到天旋地转，没法正常活动。

糖类还是构成人体组织和保护肝脏功能的重要物质。糖类对人体而言不可或缺，人体摄入糖分后，大脑会指挥胰岛素参与工作，胰岛素把糖类带到肝脏进行分解，产生热量维持身体各器官的运行，但肝脏需要的糖类不会太多，当摄入量过多时，肝脏拒绝"收货"，胰岛素只能带着糖到脂肪细胞中存放，脂肪细胞迅速增大，这就是肥胖。

肥胖除了可爱，还可能引发各种疾病。再继续过量摄入糖分，胰岛素也干脆罢工，这就是糖尿病，所以必须控糖！

对于月饼制作来说，减糖是个技术活，不太好解决。月饼里的糖，不仅仅提供甜蜜的味道，还起到保鲜作用，蜜饯就是用糖来阻止水果腐败。这个问题还好解决，用保鲜剂就可以了。另一个难题是，糖也是黏合剂，将莲子、红豆等煮熟后碾碎，莲子、红豆的分子连接受到了破坏，糖的加入让这些分子重新集结，糖太少，豆沙馅就变成了"一盘散沙"，做不成月饼。目前解决这一技术问题的月饼并不多，容月、白天鹅月饼就解决了，个中秘密，不便公开，我也不问。

对糖尿病人和想减肥的人士来说，控糖不仅仅要少吃甜食，连淀粉类的食物都要控制。糖是多羟基的醛类或酮类化合物，在水解后能变成以上两者之一的有机化合物。由于其由碳、氢、氧元素构成，在化学式的表现上类似于"碳"与"水"聚合，故又称之为碳水化合物。

淀粉也是碳水化合物，通过淀粉酶将淀粉分解为葡萄糖，所以，吃淀粉相当于吃糖！减肥人士用吃水果代替正餐，水果的膳食纤维可以给人饱足感，且不被人体消化，所以没什么热量，倒是不错的选择。但水果含有大量的葡萄糖、果糖和蔗糖，要命的是，现代农业技术让水果越来越甜，现代物流又让我们很容易得到很甜的水果，此消彼长，得不偿失，除非你吃的是不甜的水果。

在做甜食或烹饪时，我们通常用的是白糖、红糖和冰糖，这几种糖在风味和营养方面有什么区别吗？工厂把甘蔗榨出蔗汁，这叫原糖汁，干燥之后就得到红糖；将原糖汁进行纯化和脱色，然后再干燥，就得到白糖。两者相比，白糖杂质少，甜味更纯正，所以更清甜，而红糖有其他杂质，更接近甘蔗的本味，两者的风味没有好坏之分，只有不同之分，这要看你的个人偏好。

红糖含有一点氨基酸、一点钙，还有一点铁，这与补血也算可以扯上关系，但这些有益元素含量不算高，牛奶、豆制品和肉类中的含量比它高多了，如果想通过红糖补钙补铁补血，那就要冒着摄入大量糖分的风险了，得不偿失。

但如果都是要用糖，又喜欢红糖的风味，那么这些成分有当然好过没有，从这个角度看，红糖优于白糖。但如果更喜欢白糖的清甜，那就用白糖好了，那点营养成分，在别的食物上可以得到补充，不值得纠结。

至于冰糖，是在制作白糖时的原糖汁上进行纯化，要求比白糖略高一点，之后进行结晶操作。它与白糖的区别只是外观不同，纯度略高一点，口感上更清甜一些，在做糖水时可以感觉得到，但用在其他烹饪上，则没有区别。至于营养成分上，根本没有差别。

人类获得的第一种甜味物质是蜂蜜，陈晓卿老师的《风味人间》拍到在尼泊尔采蜂蜜，惊心动魄又美轮美奂。很多人也坚信，来自大自然的蜂蜜更健康，也更有营养。现实是否如此呢？

蜂蜜的主要成分是果糖、葡萄糖和水，此外还有淀粉酶、蔗糖酶、葡萄糖氧化酶、过氧化氢酶和酸性磷酸酯酶，这些貌似有助于人体消化的酶，吃进肚子里，胃酸和我们身体中的蛋白酶会使它们失去活性，也就没有作用了！

当然，蜂蜜并非一无是处，它有各种风味，让我们喝下的糖水口感丰富。另外，蜂蜜还有抗菌作用，蜂蜜中的葡萄糖氧化酶把葡萄糖氧化成葡萄糖酸，同时产生过氧化氢，即生物新陈代谢的产物之一，有一定抗菌消炎的特性。

需要注意的是，蜂蜜的这种杀菌功能，只适用于外用，不是内服！传说中，蜂蜜水还可以解酒，这没有科学道理，酒是由乙醇脱氢酶和乙醛脱氢酶来分解的，蜂蜜中没有这两种成分，所以解不了酒。但喝多了酒后肠胃和喉咙不舒服，喝蜂蜜水可以感觉到舒服一些，仅此而已！

糖缺了不行，多了也不行，但多少算合适，也没有一个权威的说法。我国普遍的标准是每天摄入 50 克的蔗糖，这包括了所有食物和饮料。而美国心脏协会推荐的标准却只有约 25 克，就是一瓶可口可乐中糖分的含量。

甜味是如此令人喜爱，但又令人如此顾忌，这真是矛盾，幸好有代糖。这些人工合成的甜味剂，甜度是蔗糖的几百倍，它们不参与糖的代谢过程，因此不能增加患糖尿病的风险；几乎不产生热量，所以不会引起肥胖。

传说中这些代糖有副作用和安全隐患，可喜的是，科学机构和监管机构还没有发现。糖精曾被怀疑能导致膀胱癌，后来被证明是一场乌龙事件；阿斯巴甜曾被怀疑跟脑肿瘤有关，后来也洗脱了嫌疑；用大量的蔗糖素喂养老鼠，人们观察到 DNA 损伤等不良后果。问题是，我们人体的食用量远低于这个浓度，这类研究没有推测的意义。一句话，目前批准使用的代糖产品是安全的，各种有害传说没有依据！

物质丰富年代大家才努力控糖，缺乏食物年代，糖可是好东西！早在西周时，我们的祖先就弄出了麦芽糖，《诗经·大雅》中有"周原膴膴，堇荼如饴"的诗句，意思是周的土地十分肥美，连堇菜和苦苣也像饴糖一样甜。这首诗说明远在西周时就已有饴糖，饴糖被认为是世界上最早制造出来的糖，从淀粉中提取。

从甘蔗中获取甜味，至少在公元前 4 世纪的战国时期已经有了，这个可看屈原的《楚辞·招魂》："胹鳖炮羔，有柘浆些。"这里的"柘"即蔗，"柘浆"是指从甘蔗中取得的汁。说明战国时代，楚国已能对甘蔗进行原始加工。这句话的意思是，清炖甲鱼火烤羊羔，再蘸上新鲜的甘蔗糖浆。注意了，这里只是糖浆，离糖还远着呢！

蔗糖的提取工艺，还要归功于印度，此事可见《新唐书》。"贞观二十一年（647 年），始遣使者自通于天子，献波罗树，树类白杨。太宗遣使取熬糖法，即诏扬州诸蔗，柞沈如其剂，色味愈西域远甚。"这一记载，说明唐太宗派人到印度学习制糖技术，在此之前，我们的制糖工艺，也只停留在糖浆和砂糖阶段，而从印度学习后，白糖和冰糖相继出现。

# 6. 盐，该怎么吃？

食盐是指来源不同的海盐、井盐、矿盐、湖盐、土盐等。它们的主要成分是氯化钠，进入人体后，会分解为钠离子和氯离子。此外，食盐还含有钡盐、氯化物、硫酸盐等杂质，国家规定井盐和矿盐的氯化钠含量不得低于95%。盐的咸味来自钠离子，如果有苦味，那是因为里面的镁离子含量超标了。

食盐是人们生活中不可缺少的。成人体内所含钠离子的总量约为60克，其中80%存在于细胞外液，即在血浆和细胞间液中，氯离子也主要存在于细胞外液。钠和氯是维持细胞外液渗透压的主要离子，所以，食盐在维持人体渗透压方面起着重要作用，影响着人体内水的动向。盐还参与体内酸碱平衡的调节，氯离子在体内还参与胃酸的生成。

人体对食盐的需要量一般为每人每天3~5克。由于生活习惯和口味不同，实际食盐的摄入量因人因地有较大差别。一般情况下，国人每天进食食盐为10~15克，普遍超标。近年来许多实验证实，食盐摄入量与高血压发病率有一定关系，所以必须控盐！

问题是，大家都习惯了重口味，把盐的摄入量降下来，大家会和李逵一样说"口里淡出鸟来"。如何既能降盐，又不降味，这既考科学家们，也考厨房大师傅。

咸味来自钠离子，含钠离子的东西就会有咸味，味精的化学成分就是谷氨酸钠，里面就有钠离子，所以，烹饪时适量用味精，少放盐，虽然两者都含钠，但达到相同的味道，味精和盐组合的钠含量会少于只用盐的钠含量，这就是科学的控盐方法之一。科学家发现，与钠离子分子结构相似的离子也有咸味，于是他们找到了钾，多摄入一些钾对正常人有益无害，在盐里加入部分氯化钾，就是市场上的低钠盐。高浓度的钾会有苦味，解决办法之一是控制氯化钾的量，所以市场上的低钠盐含有的氯化钾控制在 25% 以内，另一个方法是烹饪的时候加点味精，鲜味可以盖住苦味。

烹饪上还有一些技巧可以让菜品在少盐的情况下依然味道很好，比如用酸味取代咸味，山西人的盐摄入量明显低于其他地方的人，就是这个道理。甜味也可以取代咸味，不过，为了控盐而多摄入糖，这种"拆东墙补西墙"的方法不值得推荐，但如果你的糖分控制得好，可以时不时尝试酸甜类的菜，记得少放盐哦！我在厨房里的窍门是，做汤时用番茄，番茄的酸和鲜，可以取代部分盐，这样做出的汤，即使少放盐，依然美味无比！

我们国家大部分地区人口缺碘，所以市场上的盐大部分都加了碘。碘摄入量不足会导致碘缺乏病，主要症状是甲状腺肿大、流产、儿童发育迟缓。但碘过量也可能导致疾病，可能引发甲状腺功能亢进和自身免疫性甲状腺炎。

碘不足不行，碘过量也不行，世界卫生组织推荐的成人日摄入量是 150 微克，我们普遍摄入量不够。所以，除了沿海地区，大家可以放心地用碘盐，对于甲状腺功能亢进的患者，则用非碘盐好了。

至于市场上还有什么富硒盐、富铁盐、富锌盐、补钙盐，那点添加的成分少得可怜。各种岩盐宣称含有多少有益营养，也是杯水车薪，值不值得多花钱去消费，你衡量一下。

20 世纪 50 年代，福建出土了煎盐器具，证明了仰韶时期（公元前 5000 年至前 3000 年）的古人已学会煎煮海盐。这与传说中的炎黄时代，夙沙氏发明了用海水和火煎煮盐在时间上是吻合的，夙沙氏被认为是制盐的鼻祖，后世尊崇其为"盐宗"。

《说文》中说："天生者称卤，煮成者叫盐。"初期盐的制作，直接安炉灶架青铜器燃火煮。这种原始的煮盐费工时，耗燃料，产量少，盐价贵。于是，从盐一诞生起，王室就立有盐法。在周朝时，掌盐政之官叫"盐人"。《周礼·天官·盐人》记述盐人掌管盐政，管理各种用盐的事务。

盐太重要了，大家都离不开，这就有利可图，所以一直为官家垄断，汉武帝时开始设立盐法，实行官盐专卖，禁止私产私营。《史记·平准书》中记载，当时谁敢私自制盐，就施以把左脚趾割掉的刑罚。不仅专营，还要限制用量，最晚成书于西汉的《管子》就有："凡食盐之数，一月丈夫五升少半，妇人三升少半，婴儿二升少半。"那时已经控盐，不过不是为了健康。

不过，官方垄断经营，成本和效益往往不佳。到了北宋，著名的大奸臣蔡京发明了食盐专卖许可证，给盐商发"盐引"，官府收钱，朝廷一下子国库充盈。

明清时的大富商，基本上是盐商，康熙南巡时扬州盐商还弄了满汉全席招待皇上，好不热闹，今天的淮扬菜，与富甲天下的盐商不无关系。当时的盐商有钱到什么程度呢？《清稗类钞》载："有欲以万金一时费去者，使门下客以金尽买金箔，载至镇江金山寺塔上，向风飏之，顷刻而散，沿缘草树间，不可复收。"——直接在塔上撒金箔！

烹饪调味，离不了盐。古人认为，"喜咸人必肤黑血病，多食则肺凝而变色。"这个描述，是高血压的病征。清代中期淮扬菜的烹饪名著《调鼎集》说："凡盐入菜，须化水澄去浑脚，既无盐块，亦无渣滓。"这说明那时用的是粗盐，杂质多，所以要先用水化一下再澄清。还说做菜时候，要注意一切佐料先下，最后下盐方好。"若下盐太早，物不能烂。"这个说法没有依据，做菜时什么时候下盐，与是否熟得快烂得快没有关系。

# 7. 酱，原来是"酱紫"的

《风味人间2》的《酱料四海谈》，把酱料的江湖讲了个通透，让人深受启发。酱，用来搭配菜肴，虽是配角，却是戏骨，离开它，菜肴会逊色很多。有的酱可强化风味，凸显主要食材，增加食材原有的深度和广度。有的酱则提供对比，增补滋味。酱料让菜肴更浓郁、更多样、更完美，给我们带来味觉、嗅觉、触觉和视觉的乐趣。

好的厨师，不仅是驾驭食材的高手，更是使用、调制酱料的大师。"大吃货"袁枚在《随园食单》里对酱就有一番高论：厨者之作料，如妇人之衣服首饰也。虽有天姿，虽善涂抹，而敝衣褴褛，西子亦难以为容。善烹调者，酱用伏酱，先尝甘否。这段话的意思是，厨师所用的调味品，恰似妇女穿戴的衣服首饰。有的女子虽然貌美如花，也善于涂脂抹粉，却穿着破衣烂衫，即使西施也难以展示她的美色。精于烹调的人，用酱当用夏日三伏天制作的酱或酱油，并要先品尝味道是否甜美。

古人做酱，基本上是靠天吃饭，三伏天的酱，气温高，有利于发酵，风味才能生成。现在的科学技术已经可以从容调控温度，再讲三伏天的酱，就是翻老黄历了。

说到酱，在中餐中它无疑是元老级的，早在两千多年前的商朝，为商汤掌勺的伊尹就说："调和之事，必以甘、酸、苦、辛、咸，先后多少，其齐甚微，皆有自起。鼎中之变，精妙微纤，口弗能言，志不能喻。若射御之微，阴阳之化，四时之数。故久而不弊，熟而不烂，甘而不哝，酸而不酷，咸而不减，辛而不烈，澹而不薄，肥而不腻。"

伊尹说的这段文字见于《吕氏春秋·本味》，文字艰涩难懂，大意是：调味的道理在于甜、酸、苦、辣、咸五味的巧妙配合。材料投放先后，用量多少，其平衡是非常微妙的，而且各有特色。食材在锅里的变化也十分奥妙，难以用语言形容，也难以借用比喻来领会。这就像射箭、驾车中精妙的技巧，也如阴阳变化或四季的推移。掌握了窍门，菜肴才能久放不致腐败、熟透而不过烂、甜而不腻、酸而不呛，有咸味但不死咸、辛辣而不刺激、清淡而不至于无味、肥美而不腻口。

广州话"和味"，说的就是伊尹对酱料想要表达的意思。《周礼·天官·膳夫》记载，周天子日常饮食，"羞用百二十品"，配"酱用百有二十瓮"，一种菜配一种酱，讲究得很！那时的酱，全部由各种肉制成，与普通百姓无关，须知在当时，普通百姓七十岁之前，非节日吃肉是犯法的，盖因肉太少了，只能用法律规范平时不得吃肉。吃肉都难，怎么可以吃得上用肉做的酱？那时的平民，能吃饱估计就不错了，沾点盐巴酸梅汁什么的，就是味道，寡淡得很！

到了汉代，发明了以大豆等植物做的酱，酱料才走进人民群众的生活中。逐渐地，普通老百姓有了开门七件事——柴米油盐酱醋茶，大家的饮食生活慢慢丰富起来。一个社会是否繁荣，从酱料的丰富与否和取得的难易中可以窥见，大凡我这个年纪的人，还都有被家长分配去买酱油的经历，成为打酱油一族。而曾经排长队的致美斋，现在却变得门庭冷落，现在谁家楼下没有超市？

不论是汉以前的肉酱，还是汉以后的大豆作酱，其原理都是破坏动植物原来的组织结构，令其充分释放特殊风味，再与其他物质结合，其中盐的参与不仅改变食物原来的渗透压，令它们之间的勾兑更充分，同时也起到防止腐败的作用。

　　在酱料中，各种酶的参与，让大分子的蛋白质分解为多肽，再分解为氨基酸，氨基酸有酪氨酸、胱氨酸、丙氨酸、亮氨酸、脯氨酸、天门冬氨酸、赖氨酸、精氨酸、组氨酸、谷氨酸等；此外，尚有腐胺、尸胺、腺嘌呤、胆碱、甜菜碱、酪醇、酪胺和氨。糖类以糊精、葡萄糖为主，酱中所含酸类，其挥发者有甲酸、乙酸、

丙酸等；不挥发者有乳酸、琥珀酸、曲酸等。其他有机物有乙醇、甘油、维生素、有机色素等；无机物除多量的水、食盐外，尚有随原料带入的硫酸盐、磷酸盐、钙、镁、钾、铁等，这些，就是酱香变化万千的缘由！

有趣的是，西餐的酱多为肉酱，从各种肉类和植物中萃取，然后使之浓稠，却鲜有使之发酵这个环节。这从两者的原意看就很符合，中文的"酱"字，"将"本义为"涂抹了肉汁的木片"，引申义为"涂抹"；"酉"意为"腐败变质"。"将"与"酉"联合起来表示"一种经腐败变质过程而制成的涂抹类辅助食品"，所以发酵不可避免。而西餐的"酱料"——Sauce，源自一个古老字根，本意是"盐"，各种食材加点盐就弄成酱料。当然，现代的西餐，尤其是法餐，其酱料也十分丰富，每个大厨师都有自己的制酱方法，都是酱料大师。

古人以前也在家里自己捣鼓酱，各家各做，估计味道也会不一样，何以为证？《晋书·文苑传·左思》有这样的记载：西晋小文人左思欲写一篇描写魏、蜀、吴三国都城胜景的《三都赋》，但这个想法被另一位有此念头的大文人陆机知道了，陆机于是写信跟弟弟陆云说："此间有伧父，欲作《三都赋》，须其成，当以覆酱瓮耳。"用现在的话说大意是"这里有个村夫，想写《三都赋》，如果他写了，我就拿它来当酱缸的盖子"。陆机看不起左思，把他的文章当酱缸盖，这说明当时制酱非常普遍，各家都做酱！好玩的是，左思的《三都赋》，写成之后造成轰动，洛阳人争相抄写，"洛阳纸贵"就典出于此。

广州做酱有名的是致美斋，而北京顶呱呱的是六必居。六必居始于明朝嘉靖九年（1530 年），至今已近 500 年，是制酱老字号，由山西临汾西杜村人赵存仁、赵存义、赵存礼兄弟开办。"六必"用今天的话说就是用料必须上等，下料必须如实，制作过程必须清洁，火候必须掌握适当，设备必须优良，泉水必须纯香。这道出了制酱的要求，很有科学道理。

# 8. 你吃醋吗?

开门七件事,柴米油盐酱醋茶,各个菜系,都少不了醋。中国人食酸,有文字记载见成书于周朝的《尚书》,里面提到"欲作和羹,尔惟盐梅",说要做好吃的肉羹,离不开盐和酸梅。可见,上古时代可能还没有醋,要弄出个酸味,靠的是梅。醋在周代时称"酢",周王室中已有了"酢人",专管王室中酢的供应,现在日本仍用酢字称醋。这说明至迟在西周已有了醋。

醋又称"醯",《周礼》有"醯人掌五齐、七菹"的记载,醯人就是周王室掌管五齐、七菹的官员,所谓"五齐"是指中国古代酿酒过程中五个阶段的发酵现象,七菹指韭、菁、茆、葵、芹、箈、笋七种腌菜。

醯人必须熟悉制酒技术才能酿造出醋来。醯人的官制规模在当时仅次于酒和浆,这说明醋及醋的相关制品在帝王日常饮食生活中的重要地位。这么重要的东西,总得找个名人来认领,酒圣杜康的儿子黑塔有幸被认定。

相传杜康发明了酒,他儿子黑塔在作坊里打杂,慢慢也学会了酿酒技术。后来,黑塔酿酒后觉得酒糟扔掉可惜,就存放起来,在缸里浸泡。到了第二十一日的酉时,一开缸,一股从来没有闻过的香气扑鼻而来。在浓郁的香味诱惑下,黑塔尝了一口,酸甜兼备,味道很美,便贮藏着作为"调味浆"。这种调味浆叫什么名字呢?黑塔把二十一日加"酉"字来命名这种调料叫"醋"。

杜康是夏朝的国君，又叫少康，这么说来，醋又应该是夏朝就有了。

史料记载，公元前4000年左右，古巴比伦人就懂得用海枣酒、葡萄酒和啤酒来酿醋，比夏朝早2000年。事实上，醋是酒暴露于空气中由醋酸杆菌发酵的产物，而醋酸杆菌能在世界各个角落被发现，平常得很，每个民族在酿酒的时候，一定会发明出醋，要比谁先发明醋，可先比谁先发明酒。

我国不一定是最早制醋的，但一定是世界上用谷物酿醋最早的国家，因为古巴比伦和古埃及制醋用的是水果。我国早在公元前8世纪就已有了醋的文字记载。春秋战国时期，已有专门酿醋的作坊。到汉代时，醋开始普遍生产。南北朝时，食醋的产量和销量都已很大，其时的名著《齐民要术》曾系统地总结了从上古到北魏时期的制醋经验和成就，书中共收载了23种制醋方法。

醋的主要成分是乙酸，乙酸可以分解出一个游离氢离子，我们口腔里有感受氢离子的蛋白质，称为酸味味觉受器，这个游离氢离子对酸味味觉受器刺激，就感觉到酸，同时分泌唾液，所以酸能开胃，去腻。

乙酸还有一种是完整的分子，闻起来有特殊的香气，这就是醋香。这种香气会挥发，醋保存不当会影响香味，但不会影响酸味，烹饪时跑出的也是醋香，由于乙酸的沸点是117.9摄氏度，煮开时水分蒸发，所以越煮越酸，也越丧失香味，懂醋的厨师在最后才放醋，就是这个道理。

北宋陶谷在《清异录》中说："酱，八珍主人也；醋，食总管也。反是也，恶酱为厨司大耗；恶醋为小耗。"封醋为总管，不懂用醋的损失仅次于不懂用酱。"大吃货"袁枚在《随园食单》里也品评了一番醋："镇江醋颜色虽佳，味不甚酸，失醋之本旨矣。以板浦醋为第一，浦口醋次之。"他说的板浦醋，是江苏灌云县板浦镇，现在还产醋。浦口醋指的是现在南京的浦口区，是否还做醋就不得而知了。

袁枚对醋的评判标准是酸度，越酸越好。当然，这只是袁老先生的个人意见，醋里的乙酸，含量在5%~8%，不同的制作工艺造成了不一样的酸度和香味，谁更好，这纯属个人偏好。比如民国时的美食家唐鲁孙，就颇不认同袁枚的观点，他认为吃螃蟹要用镇江米醋，山西醋太酸，容易夺去螃蟹味。

不过，历史上公认的醋之佳品，倒是比较统一，这就是清代流传至今的"四大名醋"：山西老陈醋、四川保宁醋、镇江香醋、福建红曲米醋。

纯正酿造浓缩的山西老陈醋，必经八年以上夏伏晒、冬捞冰。天然陈酿老陈醋产于清徐县，为中国四大名醋之首。老陈醋色泽紫，"绵、酸、甜、醇厚"，回味悠长，其中"水塔牌"是我喜欢的醋。

四川保宁醋以麸皮、小麦、大米、糯米为原料，用砂仁、麦芽、山楂、独活、肉桂、当归、乌梅、杏仁等多味开胃健脾、促进血液流动的中药材制曲，取观音寺莹洁甘洌、沸而无沉之唐代古"松华井"之优质泉水精酿而成，近百年来被人们誉为川菜精灵，甚至有"离开保宁醋，川菜无客顾"的说法。

镇江香醋以优质糯米为主要原料，采用优良的酸醋菌种，经过固体分层发酵及酿酒、制醅、淋醋三大过程，40多道工序，历时 70 多天精制而成，再经 6~12 天储存期，然后才出厂。"酸而不涩，香而微甜，色浓味鲜，愈存愈醇"是它的特色，被人民大会堂列为国宴用醋。

福建红曲米醋，选用优质糯米、红曲芝麻为原料，采用分次添加，液体发酵并经过三年以上陈酿后精制而成。这种醋的特点是，色泽棕黑，酸而不涩，酸中带甜，具有一种令人愉快的香气。这种醋由于加入了芝麻进行调味调香，故香气独特，十分诱人。

近年来高端餐厅也出现了意大利黑醋，这种醋颜色全黑，风味很是复杂，这缘于几十年的发酵、陈化和装桶浓缩。多变而且极端的气候，也是形成意大利黑醋独特风味的关键：夏季的高温，浓缩糖分和氨基酸彼此作用，产生类似于烘烤时的香气分子；发酵产物和副产品相互反应，酿出令人陶醉的混合液，水分经蒸发不断减少，果汁浓度增加，因为含糖量高，一般酵母被抑制，所以转化成乙酸的速度很慢，同时，制成的醋也含有较多的糖分，保留有强化香气的 1% 的酒精和能带来绵滑口感的 12% 左右的甘油，这些都对意大利黑醋复杂的风味有所贡献。当然，几十年才做成的醋，价格自然不菲。

上述几种名醋，都有一个特点：耗时耗材。不同的原材料和工艺，会带来风味上的区别：乙酸含量高的，酸得更彻底，更浓更醇，比如山西老陈醋；乙酸含量低些的，酸中带柔，适合做凉拌菜，比如镇江香醋。

从主要成分看，都包含乙酸，只是浓度有区别，决定醋的香味的却是醋里的"少数派"：有机酸、氨基酸和多肽，为了这点风味，一瓶要多花几十甚至几千，对普罗大众来说，确实不值得。于是，一种简便、快捷、成本更低廉的醋出现了，那就是合成乙酸，也叫"冰醋酸""勾兑醋"，通过对酒发酵合成醋，再勾兑一下，一样是酸溜溜的，想含多少乙酸就调成含多少乙酸，简单又便宜，几块钱一瓶不是问题。这种醋，一样可以获得酸味，只是少了酿制醋特有的风味，在安全上没有差异，不过，美食往往又是为了追求那一点不同，却要想方设法，花大价钱。至于传说中酿制醋的各种保健功能，很遗憾，它们一直处在传说中，并没有被科学所证实。

近几年来风靡一时的苹果醋，其生产流程是先榨取苹果汁，再用酵母把苹果汁变成苹果酒，然后加入醋酸菌，把苹果酒变成苹果醋。尽管它与苹果一样含有维生素、氨基酸、矿物质和多酚化合物，但它顶多也就是苹果加醋，不会有什么新的微量营养元素，那些什么可以治疗糖尿病、高胆固醇、高血压和减肥，都是虚假宣传，很不靠谱。当然，经稀释的苹果醋饮料，还是不错的，喝醋的同时也享用了苹果的好处，但作用也就仅此而已。

现代人把醋做成饮料，公开喝醋，唐代的刘𫗰撰写的笔记小说集《隋唐嘉话》也写了一个喝醋的故事：唐太宗李世民赐给宰相房玄龄几个美女做妾，房玄龄惧内，不敢要。唐太宗把宰相夫人召来，说"若宁不妒而生，宁妒而死？"并送上一壶毒酒，让她在允许纳妾和喝毒酒自尽上选择。没想到宰相夫人接过毒酒一饮而尽。这事最终没闹出人命，李世民给的所谓毒酒，其实是一碗醋，这就是"吃醋"的出处。这事是真是假无从考证，毕竟来源不是正史。

正史《新唐书》倒是正儿八经地讲了一个吃醋的故事：唐朝时有一个叫任迪简的进士，在丰州刺史李景略手下任事。一次李景略设宴，倒酒的军吏误把醋当酒斟给了任迪简，李景略治军极严，如发现军吏出这等差错，肯定拉出去就砍了。任迪简没有声张，强忍着一口把醋喝了，回家时吐了不少血，于是军中上上下下都特别喜欢他。后来李景略死了，全军拥戴任迪简为军中统帅。这还了得！朝廷派监军到军中，"监军使拘迪简，不听，众大呼，破户出之。德宗遣使者察变，具得所以然，乃授丰州刺史"。任迪简不仅深得军心，皇帝也很喜欢，把刺史这个官直接给了他，后来他还当了节度使。

看来，做人厚道，不会有错！

# 9. 既高雅又大众化的茶

"中国美好的东西太多，茶是其中突出的一种。它既高雅，又大众化。中国人的生活，除柴、米、油、盐、酱、醋以外，还必须有茶。"说这话的是作家、翻译家叶君健，他算是一个茶痴，只是现在知道的人不多，但他翻译的书大家都看过，比如《安徒生童话集》。

茶，对于中国人，犹如咖啡对于外国人，熟悉得很，谁都可以说出个大概，大家也有各自喜欢的茶叶品种。会品茶、爱品茶的人也不少，在他们面前说茶，都会被认为是班门弄斧。

国人喝茶，主要是当成饮料喝的。从美食角度看，茶和咖啡都是香料，负责给水调味。水是人体正常代谢所必需的物质，正常情况下身体每天要通过皮肤、内脏、肺以及肾脏排出1.5升左右的水，以保证毒素从体内排出。那么，我们每天喝水就不应少于1.5升，相当于三瓶水。让你喝这么多水，有点困难，毕竟水太寡淡了，喝点有味道的饮料，比如茶，就容易一些，这是茶的第一个功能：补水解渴；茶里含有咖啡因，它能干扰细胞使用的信号系统，刺激中枢神经系统，所以可以消除疲劳，让人精神振作、反应灵敏，这是茶的第二个功能：提神。不过神经本身很敏感的人，一喝茶就变得心神不宁、神经紧张和失眠；新鲜的茶叶又苦又涩，这是因为茶叶含单宁，茶叶的芳香分子深锁在与糖类分子结合的非挥发性物质中，显示不出来，制茶时搓揉茶叶，茶叶细胞受破坏，茶叶的酵素多酚氧化酶这时候开始工作，分解香气和糖类的物质，香气因此释放，茶叶也变得又香又甘，这是茶的第三个功能：提供乐趣。茶既能补水解渴，又能提神，还能提供乐趣，不喜欢它，难！

茶叶拿来吃，又如何呢？这个事，至迟在唐代人们就是这么干的。当时的人是煮茶，把茶叶捣碎，放水煮，为了减轻苦涩味，往里面放点盐，放点什么香料，连茶叶带汤喝下去。

中唐才子顾况曾作《茶赋》，其中就有"滋饭蔬之精素，攻肉食之膻腻"这样的说法，用今天的话说大意就是：米饭蔬菜太寡淡了，加点茶叶增补一下味道；肉食又膻又腻，来点茶叶去膻解腻！现在的制茶工艺，要到明代时人们才掌握，唐代人直接拿茶叶入菜，那种苦涩，估计味道不怎样，但苦涩去膻解腻，这个靠谱。

茶叶所含单宁，是只有一个分子的酚类化合物，又叫儿茶素，又苦又涩；经过搓揉，茶叶中的多酚氧化酶和空气中的氧结合，让两个酚类化合物结合，称茶黄素，苦味减弱，但涩味不减；进一步发酵，三个以上的酚类分子结合在一起，我们称为茶多酚，又叫茶红素，苦涩味就淡了很多。这些工艺要到明朝时人们才掌握，在此之前，又苦又涩的茶叶，确实难以下咽。宋朝人喝茶，也是把茶叶吃进去，他们叫点茶：把茶叶磨成粉，加水调成膏状，再注入沸水，用茶筅回环搅动，直到茶汤上出现白色泡沫。这种吃法，只是把茶叶变成茶粉，让茶叶的味道更充分释放，也更好下咽。

茶叶的基本成分是氧、氢、碳，与米饭一样，也是碳水化合物，但我们身体没有分解茶叶的酶，除了茶叶里的咖啡因、茶多酚、茶皂素可以通过茶汤被人体吸收外，茶叶里的维生素C和纤维素不能通过茶汤被吸收，把茶叶磨成粉，维生素C倒是可以被吸收，但植物纤维一样无法吸收。不过，茶叶磨成粉，容易下咽，毕竟，嚼茶叶咽茶叶，不太容易，不信，你试试。

清明以后的茶，香味更浓郁，苦涩味也更少了，但大家还是以泡茶喝茶为主，吃茶叶始终推广不开，这主要是因为苦味和涩感不受待见。

以茶入菜主要有四种：一是茶菜，如取谷雨时节茶芽油炸的炸雀舌、泡开明前龙井与虾仁同炒的龙井虾仁，基本上都取嫩芽，盖因嫩芽单宁少，苦涩味不会太浓，嫩芽植物纤维比较细，易嚼易吞；二是茶汤，如茶炒腰花、乌龙茶肉丝、茶汁鱼片、茶水浸鸡、茶叶蛋，跃餐厅用鸭屎香单丛茶和水鸭汤混合做成的双鸭汤等，基本上是萃取茶汤入菜，与喝茶是同样的道理；三是茶粉，如绿茶沙拉、茶香蟹、茶味鸡粥，还有各种茶叶冰淇淋、茶粉甜品，基本上都是少量运用，这时的茶叶，与香料无异；四是茶熏，如四川名菜樟茶鸭、徽菜毛峰熏鲥鱼，通过烟熏让茶香进入肉中，与吃茶似乎离得有点远。这么多代人努力，我们这个好吃的民族，对茶叶入菜办法始终有限。

一种东西适合吃还是适合喝，其实不必勉强，巧用茶叶这种香料，有时也是神来之笔：茶叶中含有七百多种香味物质，取茶香为菜加分。茶叶少量的苦涩味也不是一无是处，儿茶素对腥味就有抑制作用，黄酮类对各种杂质有消除作用，苦涩味总好过腥味和各种莫名其妙的味道。苦涩味和甜味也比较协调，现代人忌太甜太腻，在甜品中和肥腻食物中加入茶，就是一个好办法！

　　研究茶、写茶的人多了去了，第一个有重大贡献的当属魏晋时代的杜育，他写的《荈赋》是现在能见到的最早专门歌吟茶事的作品，连陆羽在《茶经》中都提了三次。荈，音 chuǎn，指采摘时间较晚的茶。

　　文章从茶的种植、生长环境讲到采摘时节，又从劳动场景讲到烹茶、选水以及茶具的选择和饮茶的效用。其中的"惟兹初成，沫沈华浮。焕如积雪，晔若春敷"，说茶的泡沫如积雪，似春花，一向为人传颂。杜育所说的茶的泡沫，和宋人点茶时千方百计弄出的白沫，就是茶皂素，我们泡茶时以为是脏东西，总想把它去掉。茶皂素具有消炎、镇痛，抗渗透等药理作用，茶皂素有亲水端和疏水端，疏水端抓住脏东西或油，亲水端抓住水，这样就能把脏东西或油排出体内，我们说喝茶解腻，就是茶皂素在起作用。

唐代陆羽的《茶经》，是中国乃至世界现存最早、最完整、最全面介绍茶的第一部专著，被誉为"茶叶百科全书"。该书收集历代茶叶史料、记述笔者亲身调查和实践的经验，对唐代及唐代以前的茶叶历史、产地，茶的功效、栽培、采制、煎煮、饮用的知识技术都做了阐述，是中国古代最完备的一部茶书，使茶叶生产从此有了比较完整的科学依据，对茶叶生产的发展起到积极的推动作用。

自陆羽《茶经》之后，关于茶叶的专著陆续问世，进一步推动了中国茶事的发展，代表作品有宋代蔡襄的《茶录》、宋徽宗赵佶的《大观茶论》，明代钱椿年撰、顾元庆校的《茶谱》、张源的《茶录》，清代刘源长的《茶史》等。对茶历史研究有兴趣的，找这几本书看看，也就八九不离十了。

史上第一茶痴当属宋徽宗赵佶。这位词书画极佳的皇帝，治国无术，对茶的研究和喜好却是首屈一指，他的研究成果是《大观茶论》，全书共二十篇，对北宋时期蒸青团茶的产地、采制、烹饪、品质、斗茶风尚等均有详细记述。其中"点茶"一篇，研究点茶时手腕如何用力绕转，才会让茶沫浮起来不散开，十分精辟，为我们认识宋代茶道提供了珍贵的文献资料。现在福建的政和县，北宋时叫关棣县，所产白茶银针为贡茶，宋徽宗干脆把年号"政和"给了关棣县。

我最欣赏的茶诗，是苏东坡在被贬海南时写的《汲江煎茶》：

活水还须活火烹，自临钓石取深清。

大瓢贮月归春瓮，小杓分江入夜瓶。

雪乳已翻煎处脚，松风忽作泻时声。

枯肠未易禁三碗，坐听荒城长短更。

　　上面这首诗用今天的话说，大意是："煎茶要用流动的活水和旺盛的炭火，我便亲自到钓石处取水煎茶。明月倒映在江面，用瓢舀水，仿佛在舀明月，倒入瓮中，再用小勺分取，装入瓶中。煮沸时茶沫如雪白的乳花在翻腾漂浮，倒出时似松林间狂风在震荡怒吼。清澈醇美使枯肠难以三碗为限，坐着倾听荒城里长更与短更。"

　　一个人，到了人生的低谷，仍然从容地面对一切，饮茶静心，听更度时，佩服！有时候，没办法也是一种解决办法，当然了，必须有茶！

# 10. 秋天的第一杯奶茶

有一段时间，"秋天的第一杯奶茶"成为话题，或秀恩爱，或讨个红包，奶茶又被热炒了一番。我曾与文化大咖胡文辉先生聚会，才知道原来他还是个"奶茶控"。

奶茶，顾名思义，就是奶和茶的组合，但事情远没这么简单，比如现在大家在奶茶店里买的奶茶，大多跟牛奶和茶叶没有半毛钱关系。要把奶茶说清楚，我们需要把中式传统奶茶、西式奶茶和没有奶茶的奶茶这几种奶茶——说清楚。

奶茶先是在中国出现，这一点没有争议。中国是茶的故乡，汉、唐时人们煮茶，往里面放各种调料，但还没有放奶。奶茶的出现，功劳归草原民族，明代草原民族与中原贸易，茶和盐是主要贸易物品，牧民往奶里加茶和盐，成为日常的饮品。唐朝人喝茶就是往里面加东西，在西藏因地制宜，加些牛奶，这很正常，可惜没有文献记载予以佐证。这些中式传统奶茶都是咸的，没有加糖，不是古人不爱喝甜的，盖因糖太稀罕了！

甜味奶茶的出现，这个功劳归印度。印度的制糖技术，在我国唐代就很先进，唐太宗还派人到印度学习制糖。中国的茶叶沿丝绸之路进入印度，印度人把茶叶切碎，然后把丁香粉、肉桂、糖和胡椒等各种香料和茶叶粉一起烹煮，再加点牛奶，形成一种香料味突出同时茶香和奶香相融的独特味道，这实际就是现代西式奶茶的雏形。

17 世纪，荷兰人入侵印度，印度成为荷兰殖民地，喝牛奶长大的荷兰人并不喜欢辛辣的奶茶，于是荷兰人对印度奶茶进行了改良，以茶、奶、糖组合而成的西式奶茶因此诞生。荷兰人把这种奶茶带到了欧洲，风靡一时，英国皇室和贵族更是将喝奶茶当成一种时尚。因此他们对茶叶的需求更大，以至于中英贸易极不平衡，最后引发了"鸦片战争"。

西式的奶茶，最终转了一大圈到了奶茶的发源地中国，又来了个大变样。西式奶茶回到中国，有两个路径，一是中国香港，一是中国台湾。英国人把奶茶带到香港，香港人又在此基础上加以改进，弄出了著名的丝袜奶茶和鸳鸯奶茶。

所谓丝袜奶茶，是因为在制作奶茶时使用过滤袋将奶茶冲来冲去，过滤袋染上了奶茶的颜色，就像是肉色的丝袜。这样做出来的奶茶，把茶碎等大分子物质隔离掉，剩下的奶茶入口丝滑，香味绵长。

所谓鸳鸯奶茶，就是在奶茶中兑入浓香的咖啡，这样一杯奶茶兼具奶的香甜、茶的清香和咖啡的微苦，奶茶和咖啡合体，仿如鸳鸯，也更受到现代年轻人的喜爱。

西式奶茶回到中国的另一个路径是中国台湾，台湾的奶茶品种和口味更加多样。当地人在此基础上弄出了著名的"珍珠奶茶"，所谓珍珠，实际上是粉圆，由于粉圆的外形圆滚滚，和珍珠类似，所以得名。把"珍珠"加入奶茶中，并且改变荷兰奶茶的奶茶配比，奶少茶多，这就是如今流行的珍珠奶茶。

奶、茶和糖的成本摆在那里，要制作一款好奶茶，对奶和茶的要求自然更高，几十块一杯的奶茶，租金和人工是不变成本，只能在原材料上动脑筋。有没有一种成本更低、口感更好的替代品呢？科学家们还真找到了，植脂末、麦芽糊精、鲜奶精、蛋白糖、阿拉伯胶、乙基麦芽酚、亮兰、安赛蜜、苯甲酸钠等食品添加剂按一定比例调和一下，就是一杯特别香浓的奶茶，注意了，里面既没有奶也没有茶！牛奶的奶白色是脂肪小颗粒均匀分布在水里的结果，将便宜的蛋白质加小分子乳化剂把油变成小颗粒，模仿出牛奶外观，这就是植脂末或奶精；蛋白精和安赛蜜是甜味剂；阿拉伯胶是增稠剂；乙基麦芽酚是香精，让你赞不绝口的奶茶味道，它的贡献最大；亮兰是色素，给奶茶提供赏心悦目的颜色；苯甲酸钠是防腐剂，让调配出来的奶茶粉如文物般耐存放；至于Q弹的珍珠，主要原料还是木薯淀粉，为了增加珍珠的弹性，正常的做法是加入小麦蛋白，节省成本的方法是添加增稠剂、酸度调节剂、焦糖色素以及香精……

上述添加剂，如果商家严格按照国家标准采用食品添加剂，安全上是没有问题的，但如果采用的是成本更低的工业添加剂，危害就大了。尤其是奶精，如果用的是大豆油或棕榈油，那没有问题，如果用的是氢化植物油，里面则含有比较多的反式不饱和脂肪酸，这会增加人们罹患心脑血管疾病的风险！

对奶茶控来说，最大的风险还不是上述各种添加剂，而是奶茶里的糖。摄入过多的糖，会导致肥胖和糖尿病，世界卫生组织建议的标准是每天控制在 50 克，医生建议最好是 25 克，而一杯奶茶中糖的含量高达 30 克。如果奶茶店往奶茶里加的是糖精，因为糖精的甜度是糖的 30 倍至 50 倍，那么也许摄入量很少，反倒对健康有利。

奶茶究竟是先加奶再加茶，还是先加茶再加奶？关于这个问题，奶茶控中分成了两大派系，赞成先加牛奶者，被称为 MIF（milk in first），赞成先倒茶的被称为 MIA（milk in after）。关于这个问题，法国化学家、分子厨艺之父 Herve This 教授在他的著作《锅里的秘密》中作了权威回答："先奶后茶！"

奶茶之所以好喝，是奶里的蛋白质、蛋白酶和茶里的茶多酚发生化学反应，使茶汤没那么苦和涩。奶是冷的，茶汤是烫的，把烫的茶汤加进奶里，奶逐渐升温，蛋白质和蛋白酶受破坏不多，因此更好喝！如果反着来，把奶倒进滚烫的茶汤中，先进去的奶接触到滚烫的茶汤，蛋白质和蛋白酶失去活性，就没办法和茶多酚发生化学反应，因此更苦更涩。同样的原理，丝袜奶茶好喝，除了滤袋隔渣，奶茶更细滑外，倒来倒去，高冲低斟，不仅增加了表演性和仪式感，更是给奶茶降温，为蛋白质和茶多酚的化学反应提供合适的温度！

2

第二篇

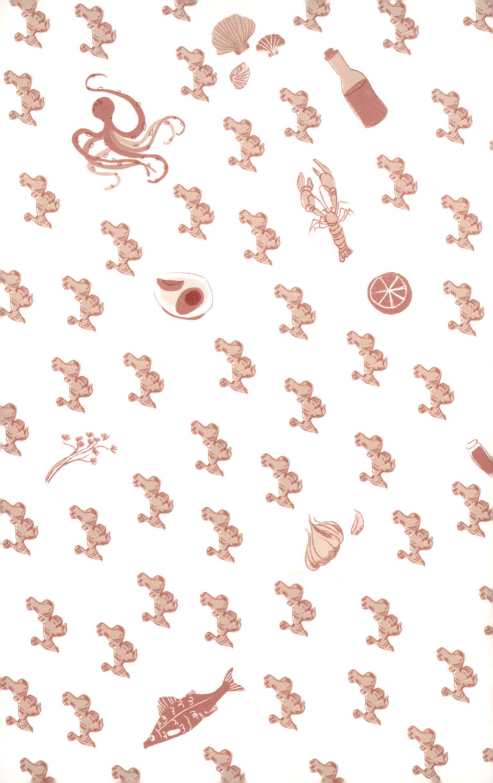

# 1. 姜是如何撞奶的?

《风味人间2》收官之作《根茎春秋志》说到用姜做的美食，终于有了粤菜的一道名点：姜撞奶！将牛奶和糖加热，冲入姜汁中，稍一放凉，神奇的效果出现了：两种液体变成了固体，牛奶凝固如凝脂般，雪白中带着微黄，甜香中带着微辣，温润而细滑。姜撞奶原产地是番禺沙湾镇，后来推广到珠三角各地，成为名小吃。

牛奶是脂肪在水中分散成小颗粒而形成的，水和油老死不相往来，牛奶中的蛋白质，有疏水端和亲水端，疏水端抓住油，亲水端抓住水，因此，这些脂肪小颗粒被蛋白质包裹，因而能够稳定存在，光照到小颗粒上发生散射，牛奶就呈现出乳白色。

牛奶中的蛋白质有两种类型，一种叫酪蛋白，一种叫乳清蛋白，生姜磨成汁后，释放出生姜蛋白酶，当牛奶加热后遇上姜汁，生姜蛋白酶水解了酪蛋白胶束外围的 κ-酪蛋白，酪蛋白因此暴露无遗，生成的副 κ-酪蛋白和暴露出来的 α-(s1)-酪蛋白及 β-酪蛋白与 $Ca^{2+}$ 形成网状的凝胶体，使牛奶凝固。

生姜蛋白酶的活性在 40~70 摄氏度之间最为活跃，把牛奶煮开后以 45 度角高高地冲进装有姜汁的碗中，这是给牛奶降温，如果先给牛奶降温，低低地倒进碗中，也行。至于角度，这不要紧，与姜撞奶是否凝固无关，倒与表演优美与否有关。

一碗完美的姜撞奶，姜汁与牛奶比例是 1:20，这时姜蛋白酶含量在 10%~12%，刚好完成对酪蛋白的水解与重组，温度控制在 60~70 摄氏度，这时姜蛋白酶很活跃，温度高了，蛋白酶被杀死，牛奶无法凝固。温度低了，蛋白酶活力不够，牛奶凝固时间变长。做姜撞奶，不一定必须用水牛奶，普通牛奶甚至奶粉也可以，水牛奶脂肪含量更高，做出的姜撞奶更香、更滑，仅此而已。

姜撞奶的历史已经无从考证，传说中沙湾媳妇误放牛奶到姜汁中给婆婆治咳嗽，缺乏史料依据。牛奶富含蛋白质，可惜古时我们的牛是用来耕田的，食用牛奶，想都不敢想，不可能出现在沙湾普通人家。民国时期，广州开始养奶牛，喝牛奶，这也是开放的结果，那时很多洋人来到了广州，他们有喝牛奶的需求，大家也开始知道牛奶的作用。广府人在甜食中放姜，这有传统，比如著名的姜醋鸡蛋，因此发明姜汁给牛奶调味，也是顺理成章的事，至于其中的科学道理，古人确实不好弄明白。

古人不常用牛奶，但很偏爱生姜，传说苏东坡推崇养生秘方姜乳，有人据此联想到这就是姜撞奶，这确实想多了，姜乳虽然有个乳字，但与牛奶没有半毛钱关系，指的是姜汁浓缩物。《东坡杂记》所载："予昔监郡钱塘，游净慈寺，众中有僧号聪药王，年八十余，颜如渥丹，目光炯然。"问其健康长寿的奥秘，答道："服生姜四十年，故不老云。"

生姜历来被古代医学家视为药食同源的保健品，具有祛寒、祛湿、暖胃、加速血液循环等多种保健功能。从科学角度看，生姜化学成分不外乎姜醇、姜烯、莰烯、水茴香烯、龙脑、枸橼醛、辣味成分姜辣素、油状辣味成分姜烯酮及结晶性辣味成分姜油酮，所以生姜有抗菌、抗癌，以及抗氧化、抗衰老作用，其特有的"姜辣素"能有效治疗因过食寒凉食物而引起的腹胀、腹痛、腹泻、呕吐等症。

此外，生姜能增进食欲，促进消化液的分泌，生姜中的姜酚还有较强的利胆作用。至于什么晚上不能吃姜，秋季不能吃姜，纯属胡扯，毫无科学道理。

姜有鲜明香气和清淡的类似胡椒的辛辣，能和其他风味互补而不会相冲。姜的香气主要来源于硫化物，硫化物遇热会挥发，烹煮鱼时加点姜，鱼的腥味来自三甲胺，硫化物挥发时顺便抓住三甲胺一起飞走，所以姜能去腥。姜有辣味，因为它含有姜辣素，不过辣得很有限，和胡椒差不多，仅为辣椒的百分之一，或几百分之一。老的姜姜辣素含量比嫩姜高，所以姜还是老的辣。

顺便说一句，广州城中有两个店，姜撞奶做得尤其有特色：德厨的姜撞奶糊，在牛奶中加了蛋黄，特别香；惠食佳的姜撞奶雪糕，低温下的姜撞奶，味道更是浓郁！

## 2. 大蒜的香与臭

　　《风味人间2》之《根茎春秋志》讲到了大蒜，还奉献给大家一道粤菜美食：金银蒜蒸老虎虾。把大蒜剁成蒜末，一半油炸至金黄色，与另一半未炸的白色蒜末混合后调味，叫作"金银蒜"，用它蒸海鲜，这是粤菜的拿手好戏。粤菜中，生吃大蒜的不多，但却善用大蒜，炸的和不炸的，用整颗大蒜和用拍蒜、蒜末的，做出来的味道完全不同。其中的门道，还真值得说道说道。

大蒜特殊的味道，源于其所含的烯丙基含硫化合物，其中最主要的是一种 S- 烯丙基蒜氨酸，同时，大蒜中还含有蒜氨酸酶。在正常情况下，它们互不相扰，当大蒜被切开或者拍碎，蒜氨酸和蒜氨酸酶就如期而遇了。这时，蒜氨酸酶对蒜氨酸进行分解，转化成二烯丙基硫代亚磺酸酯，被称为"大蒜素"。大蒜素是辛辣刺激的，这就是我们生吃大蒜感到辣的原因。

大蒜素有抗菌作用，对革兰氏阳性菌、革兰氏阴性菌、真菌都具有较好的抑制作用。而且它抗癌活性强，对肝癌、胃癌、结肠癌、肺癌、前列腺癌、乳腺癌、白血病等多种肿瘤均有明显抑制作用。

大蒜素并不稳定，还会进一步分解为硫化氢，就是臭鸡蛋的气味和放屁的气味，所以，吃大蒜的时候先是辣，吃完之后会嘴臭。在烹饪中，对蒜不剥皮，直接把整颗蒜扔到汤锅里的，蒜氨酸酶来不及刷存在感就被灭活了，蒜氨酸也就得到了最好的保留，这时没有大蒜素，尝到的是蒜氨酸的香味；把大蒜剥皮之后整瓣煸炒，蒜氨酸的分解转化也会很少；把大蒜剁成蒜蓉，蒜氨酸就会充分转化为大蒜素，从而产生大蒜素的辛辣；把大蒜用油炸，大蒜中的糖和蛋白质发生美拉德反应，淀粉也参与了进来，产生独特的风味。高级的厨师，会考虑蒜片或者蒜蓉切好到下锅的时间，从而掌控蒜氨酸和大蒜素的转化。金银蒜，就是蒜氨酸与大蒜素味道转化的完美结合。

蒜分大小蒜，小蒜是中国的原生物种，就是薤头，古称"薤"。大蒜原产中亚和地中海，西晋文学家张华在《博物志》中记载："张骞使西域，得大蒜胡荽。"原来这些是张骞出使西域时带来的。

李时珍在《本草纲目》中说"炼形家以小蒜、大蒜、韭、芸薹、胡荽为五荤；道家以韭、薤、蒜、芸薹、胡荽为五荤；佛家以大蒜、小蒜、兴渠、慈葱、茖葱为五荤"，三家都认定大蒜为荤食，原因是"五荤即五辛，谓其辛臭昏神伐性也"。

大蒜从进入我国，就有喜欢和不喜欢两派。史上最大的大蒜粉丝，当属清朝"蒜学士"兴安，记录清朝生活的《啸亭杂录》载：翰林学士兴安，满洲人。中庚戌进士。公喜食大蒜，凡烹茶煮药，皆以蒜伴之，曰："始可以延年却疾。"人争笑其迂，呼为蒜学士云。吃饭离不开大蒜，连茶里药里都要放蒜，绝对是第一粉丝！

大蒜最大的反对派，当属李渔，他在《闲情偶记》中写道"葱、蒜、韭尽识其臭""蒜则永禁弗食"，一副老死不相往来的样子。其实大可不必，怕大蒜臭，整颗油炸，香得很！

# 3. 爱之深恨之切的香菜

芫荽，别名胡荽、香菜、香荽，为双子叶植物纲、伞形目、伞形科、芫荽属的一个植物种，多用于做凉拌菜佐料，或面类菜中提味用。吃潮汕卤鹅时夹上香菜一起吃，别有一番风味，粤菜的香菜豆腐鱼头汤，也鲜香兼备。

"两极化"在它身上体现得淋漓尽致，有人无香菜不欢，也有人连一点点香菜的气味都受不了，"尔之蜜糖，吾之砒霜"，用在香菜身上，再合适不过。

为什么会反差这么大呢？这与香菜的成分和部分人的基因有关。香菜中的香味或者"臭味"，来自香菜的挥发油，科学家从其挥发油提取物中分离提纯得到了三种主要化合物：正癸醇、壬醛和芳樟醇。

造成部分人厌恶的味道的正是壬醛，这种醛类化合物主要由九碳醛与十碳醛组成，这是香菜强烈气味的主要来源。肥皂、清洗液、臭虫里也有类似的醛类成分，所以不喜欢香菜的人说香菜有肥皂味和臭虫味。但并不是所有人都对这一醛类化合物都敏感，科学家做过一项关于香菜的研究，发现了一种嗅觉受体基因。这个受体基因有两个变种，其中一种会更为强烈地突出香菜的"怪味"。简单来说，对香菜味道的喜恶和基因有很大关联，不吃香菜的人不是矫情，更不是挑食。

但为什么有些人原来不吃香菜，但后来又会喜欢吃香菜呢？这是因为这部分人对香菜嗅觉的边界比较模糊，他们对香菜的感觉，其实是介于两可之间，之所以一开始不喜欢香菜，是人类天生对陌生食物的警惕使然。

科学家做了一个试验，挑选了八个月至一岁八个月年龄段的幼儿，同时给他们植物、塑料、金属三类玩具，发现他们几乎不碰植物。在自然界中，部分植物对人类是有害的，人类的基因里对植物保持着先天的警惕。况且，香菜还有浓烈的气味，既然如此，那还不如选择一些气味没那么浓烈、更安全的蔬菜。这类人因为对植物过度警惕，会选择性地不喜欢一些蔬菜，比如带苦味的苦瓜、芥菜等。但当有一天在别人的鼓励下，或者香菜改变了形态、部分挥发油挥发味道没那么浓烈，当他们尝到了香菜，发现并没有原来那么讨厌，也就会接受甚至喜欢上香菜了。

　　讨厌香菜的人数量还不少，据估计约占人群的 17%，这个比例东亚比其他地区的稍高一些，有人还为此成立了"世界反香菜联盟"，目前注册会员已经有四千多人。讨厌香菜形成势力，可谓古已有之。

　　香菜原产于地中海沿岸，在中亚地区也有其原始种的发现，考古学家在三千三百多年前的古埃及法老图坦卡蒙的墓穴中，发现了香菜的种子，说明当时已经使用香菜了。之后古希腊和古罗马人的一些拉丁文文献中，佐证了香菜的食用价值和药用价值。

　　香菜作为一种具有独特气味的香辛蔬菜，被希腊人放到料理中。他们用香菜保存肉类，因为香菜所散发的辛气具有一定的杀菌作用，能起到防腐的效果；古罗马人还在胡萝卜、土豆、洋葱等食材一同炖煮的汤里加入香菜和香芹，在增添风味的同时能医治肠胃不适的病人，或在寒冷季节来临之时，以香菜肉汤来预防生病。

　　西晋张华的《博物志》是继《山海经》后我国又一著名的神话志怪小说集，其中除了有琐闻奇物，也有诸多关于历史事实的原始资料。香菜便出现在书卷当中，《博物志》中有"张骞使西域还，得安石榴、胡桃、大蒜、胡荽"的说法。这个胡荽，就是香菜，说香菜是张骞出使西域归来时带来的。

　　北魏贾思勰的《齐民要术》中，详尽地论述了种植香菜所需要的各种条件，并比较了不同地区、不同方法种植出来的香菜品质上的差异。另外对香菜的食法也有罗列，腌制香菜是书中特别提到的内容，说明当时的人们在过了吃香菜的季节还会想方设法吃香菜。

　　《说文解字》里率先对香菜的正名"芫荽"进行了解释："芫"，鱼毒也；"荽"，香口也。此句话揭示了芫荽名字的来历。然而在最初的汉代时，芫荽叫"胡荽"，据《农桑辑要》载，到了十六国时，后赵石勒做皇帝，他认为自己是胡人，听这名字就很不顺耳——"讳胡，故晋汾人呼胡荽为香荽"，胡荽便改名为香荽。再后来，这些改变后的称呼随着流传地文化的不同而再次演变，就有了芫荽、香菜等叫法。

香菜除了香，它还是非常绿色健康的蔬菜，营养价值极高。香菜含有丰富的维生素 C 以及钾等物质，所以一般人只要食用 10 克以内的香菜就可以满足人体一天对维生素 C 的需求量，前提是生吃，因为加热会破坏维生素 C。

除此之外，香菜还具有降血脂、降血压和降胆固醇、扩张血管、增加冠状动脉血流量以及软化血管等作用，所以常吃香菜对预防动脉粥样硬化以及其他的心脑血管疾病都有显著的效果。除了维生素，香菜的胡萝卜素含量也非常高，是西红柿、黄瓜等蔬菜的十倍之多，常吃香菜有利保护眼睛以及防止细菌和病毒感染，更有利于提高人体的免疫能力。

《本草纲目》里有关于香菜的记载："胡荽，辛温香窜，内通心脾，外达四肢。"如此看来，在《射雕英雄传》中，黄蓉以芫荽为华筝祛风寒，符合中医的理论；从现代科学看，也有一定的科学依据：芫荽中所含的芳香苯环类化合物，能够加速血液流动。而芫荽高钾低钠的矿物质组分结构也有助于机体利水渗湿，提高新陈代谢，二者协同刺激机体完成生理反应的同时产生热能，排出积累在体内的废物，故而能够驱散寒冷，起到辅助预防、治疗感冒的作用。

一种蔬菜、香料，有人爱之深有人恨之切，如此难统一，蔬菜如此，更不要说别的了，接受分歧，这估计是和谐的前提。

# 4. 调皮的皮蛋

京城美食之旅，每顿中餐最少八个凉菜，如果每一道凉菜都尝一遍，基本也就饱了，可见凉菜在京城宴会菜中的重要性。在这些凉菜中，基本上也都有皮蛋的身影。宴锦堂直接就上来一大盘皮蛋，简直就把它当成了主菜，灰黑相间，溏心软糯，唇齿留香，赢得阵阵喝彩；云南菜泓餐厅的黄金皮蛋树番茄，又黄又红，Q 弹爽口，酸香交替，引来一片赞许。

皮蛋，因除去蛋壳后外表 Q 弹，如一层皮而得名。它也被称为松花蛋，那是因为有些腌制得好的皮蛋有松花状的花纹；又被叫作变蛋，是因为从新鲜蛋到皮蛋，如变魔术般梦幻。这个"调皮"的东西，妥妥地 Made in China，让我们来分析下它的制作工艺。

皮蛋的具体做法是，将蛋用盐、茶以及石灰、草木灰、碳酸钠、氢氧化钠等碱性物质调配出来的泥浆包起来，假以时日，蛋液就变成富有弹性的固体。此间时间的把控、配方的不同，会让皮蛋呈现不同的状态，掌握不好，蛋白质在碱性溶液中反而发生水解，就不能食用，其中的奥妙，古人就如同在做一场分子料理。

皮蛋形成的核心是碱透过蛋壳上的微孔渗入蛋清，在碱的作用下，凝胶状的蛋清先是液化溶解，再凝固成为有弹性的胶体。碱继续往里渗透，到达蛋黄，蛋黄在碱的作用下发生降解，产生风味物质。这个过程中，蛋清会释放出相当多的硫化氢，跟蛋黄中的铁、锌等矿物质发生反应，生成各种有颜色的物质，从而让蛋黄变成绿色到黑褐色。

碱渗透程度的把握令人头痛，因为蛋清凝固后，如果碱继续渗透进入蛋清，蛋清中凝固的蛋白会被切开，凝固的皮蛋蛋清重新液化了。可是，这个时候蛋黄中的转化还没有充分进行，需要继续等待。要想蛋黄继续转化，又避免凝固的蛋清液化，就需要把蛋壳上的微孔封闭起来，阻止碱的渗入。古人聪明地发现，加入"黄丹粉"就可以实现这个目标。

今天，我们知道黄丹粉中含有氧化铅，会跟硫反应生成硫化铅。硫化铅是一种不溶物，附着在蛋壳上就能把那些微孔堵住。这样，碱不能通过蛋壳继续渗透，固化了的蛋清不会继续水解而液化，而先期进入的碱会继续往蛋黄迁移而促进蛋黄转化，直到蛋黄的风味口感达到最佳。

铅是一种有毒重金属，用了黄丹粉的皮蛋，铅的含量肯定超标，用今天的标准来说，就是有害食品。科学家发现，把不同的金属离子组合使用，比如铜和锌或者铜和铁，就可代替铅实现堵住蛋微孔的任务，所以市场上就有了无铅皮蛋。注意了，所谓的"无铅"，是指其铅含量不超过 0.5 毫克 / 千克，这个限值是"危害可以接受的可行限量"，不是完全没有，但可以放心食用！

皮蛋上面的松花，主要成分是氢氧化镁。人吃进氢氧化镁，到了胃里，强大的胃酸把氢氧化镁变成可溶性的镁离子，镁离子能够被人体吸收进入血液。镁是人体必需的矿物质，是多种酶的激活剂，人体需要它来调节细胞内钾、钠分布，维持骨骼生长和神经肌肉兴奋性等，有益无害，也可以放心食用。

正常的皮蛋为墨绿色，有松花，有弹性，想让皮蛋变成溏心，秘诀就是控制腌制的时间或配方，在蛋黄还没变成凝胶时就取出食用。想让皮蛋变成金黄色，秘诀是让蛋内的硫化氢外溢，办法是让蛋壳产生裂纹或采用蛋壳更薄的鸡蛋，加重碱的浓度，所以，我们看到的金黄色皮蛋，多为鸡蛋，而墨绿色的皮蛋，一般是鸭蛋。

外表平凡无奇的皮蛋，剥开后是琥珀般晶莹剔透的，上面的松花如同工笔画勾勒出的，片片洁白，形如松针。深绿色渐变的蛋黄，柔韧弹牙，微微颤动。初入口有种横冲直撞的生硬涩味，咀嚼后就变成了悠远绵长的奇异鲜香，那种层次递进的综合味道，细品中带着无穷意趣。但是，就是有相当多的一部分人不喜欢皮蛋，尤其一些国外的美食家，初见皮蛋，就被这种魔法食物击败了。CNN之前举行网络票选，评选"世界上最恶心的食物"，皮蛋"不负众望"登上了榜首，甚至还获得了诸如"恶魔蛋""千年蛋"的名称。

皮蛋的臭味，是制作过程中所产生的硫化氢。硫化物的味道，总会让人联想到令人不舒服的臭屁味和尿味，但当它存在于食物中时，臭味只是短暂的，因为它会瞬间被皮蛋的鲜香所代替。

皮蛋的制作过程中会产生大量的谷氨酸，这可是鲜味的密码。只要能顶住一开始的那阵臭，就可以迎来无比奇妙的鲜香。

皮蛋中浓郁的碱也会让有一些人不舒服，而且带来涩的口感。这些令人不适的口感，是可以通过烹饪手法予以改善的，比如切开后放一阵，硫化氢会挥发一部分，粤菜中著名的皮蛋瘦肉粥，通过加热，让硫化氢挥发，也是这个道理。宴锦堂用意大利黑醋汁，泓餐厅用树番茄与之搭配，粤菜用泡酸子姜夹着皮蛋吃，都是通过酸来中和皮蛋的碱，减少碱令人不舒服的味道。

被外国人黑为"千年蛋"的皮蛋，历史短得很，连 1000 年都不到。皮蛋大约发明于 14 世纪，大概是元末明初，发明人已不可考。1504 年成书，由上海人宋诩和他的儿子宋公望编写的一部明代饮食著作《竹屿山房杂部》，里面有这样的记载："混沌子，取燃炭灰一斗，石灰一升，盐水调入，锅烹一沸，俟温，苴于卵上，五七日，黄白混为一处。"这个做法，就是皮蛋的做法，"混沌子"就是皮蛋。

明末戴羲所作的《养余月令》上，又有"牛皮鸭子"的制法："牛皮鸭子：每百个用盐十两，栗炭灰五升，石灰一升，如常法腌之入坛。三日一翻，共三翻，封藏一月即成。"在这里，"牛皮鸭子"与皮蛋这个叫法更接近了。

明末清初科学家方以智所著《物理小识》中，把皮蛋称作"变蛋"："池州（今安徽铜陵一带）出变蛋，以五种树灰盐之，大约以荞麦谷灰则黄白杂糅；加炉炭石灰，则绿而坚韧。"在这里，他说出了黄金皮蛋与墨绿皮蛋配方上的区别。

元代农学家鲁明善创作的农书《农桑衣食撮要》说鸭蛋："每一百个用盐十两、灰三升，米饮（米汤）调成团。"可见元代就有皮蛋。元代的《居家必用事类全集》说："灶灰筛细二分，盐一分，拌匀。却将鸭卵于浓米饮汤中蘸湿，入灰盐滚过，收贮。"这里已经对配料的比例规定得很明确。

当然，也有胡说八道的。清代的科技典籍《调燮类编》说："鸭蛋以硇砂画花及写字，候干，以头发灰浇之，则黄直透内。做灰盐鸭子，月半日做则黄居中，不然则偏。"这里的"月半日做则黄居中"的说法，大概是根据潮汐原理，每逢农历初一、十五，月亮与太阳对地球的引力最大，这时候鸭蛋的黄可以居中，其他时间都要偏离，貌似很讲科学，实际是毫无道理。蛋黄脂肪含量高，一定会上浮，要让蛋黄"居中"，唯一方法是多转动。

清朝乾隆年间，进士李化楠撰写的饮食专著《醒园录》中说："用石灰、木炭灰、松柏枝灰、垄糠灰四件（石灰须少，不可与各灰平等），加盐拌匀，用老粗茶叶煎浓汁调拌不硬不软，裹蛋。装入坛内，泥封固，百天可用。其盐每蛋只可用二分，多则太咸。又法：用芦草、稻草灰各二分，石灰各一分，先用柏叶带子捣极细，泥和入三灰内，加垄糠拌匀，和浓茶汁，塑蛋，装坛内半月。二十天可吃。"这里给出了皮蛋出"松花"的方法：用松柏树烧灰，用松叶包蛋！这种臆想也很荒唐，松枝烧成了灰，跟别的草木烧成的灰没啥区别，不会因此再形成"松枝"的形状。如果这种臆想是真的，那么用枫叶枝烧的灰，岂不是会出现枫叶的花纹？

皮蛋不仅美味，还被注重食疗的人赋予了诸多药用功能。清代学识渊博的汪绂在《医林纂要探源》说它能"泻肺热、醒酒、去大肠火、治泻痢。能散、能敛"。王士雄的《随息居饮食谱》中说："皮蛋，味辛、涩、甘、咸，能泻热、醒酒、去大肠火，治泻痢，能散能敛。"

如果胃酸过多，吃了皮蛋确实有酸碱中和功能，这与促进消化可以沾边；说它能醒酒也不过分，喝多了酒不舒服，来点皮蛋瘦肉粥，确实舒服一些，但只是让人缓解一下，它解不了酒。到目前为止，还没有什么解酒神药，解酒还是要靠少喝酒；至于去热泻火什么的，属于中医范畴，我不懂，不评论。

皮蛋一般用于生吃，这理论上也存在一些风险，因为蛋壳上有十万分之一的机会存在沙门氏杆菌，它随皮蛋进入人体后，在肠基膜上引发炎症，菌体裂变后会产生毒性很强的内毒素，出现中毒症状。食用皮蛋，要注意观察皮蛋是否受污染，正常的皮蛋，蛋壳剥开后，蛋白应该是暗褐色的透明体，具有一定的韧性，而被污染的皮蛋则呈浅绿色，韧性差，易松散，这样的松花蛋千万不能吃。如果保险起见，可以蒸熟了再吃，沙门氏杆菌在100摄氏度高温下会立刻死亡，在70摄氏度时要经过5分钟后才会死亡，在60摄氏度时则要15~30分钟才死亡。因此，食用可疑的松花蛋时，可将去壳的蛋在高温下蒸5分钟左右，晾凉后即可安全食用。

皮蛋就是一味美食，赋予它太多功能，它也承担不起。任何美味，也都是适可而止，过犹不及。

本文部分资料引自云无心博士——《皮蛋为什么含铅，"无铅皮蛋"真的无铅吗？》，特此鸣谢！

# 5. 鱼生，可以吃吗？

把鱼切片，蘸上佐料生吃，是为鱼生。这个吃法，广府人和潮汕人还有部分人很喜欢，随着日本菜遍地开花，这种生吃鱼片的吃法也随了日本人的说法，被称为"刺身"。殊不知，生吃鱼片，中国人还是日本人的师傅。

中国人吃鱼生的历史可谓久矣，最早的文字记载，见《诗经·小雅·六月》："吉甫燕喜，既受多祉。来归自镐，我行永久。饮御诸友，炰（fǒu）鳖脍鲤。"说的是东周将军吉甫率周师在今陕西白水抵抗入侵的异族凯旋，大意为："吉甫宴饮喜洋洋，接受周王厚赐赏。班师奏凯离镐地，路遥行军时日长。归来设宴会亲友，红烧甲鱼鲤鱼生。"

那时的鱼生，叫脍，成语"脍炙人口"，"脍"指生吃鱼片，后来传到了日本，叫"刺身"；"炙"指烤肉，后来传到了朝鲜。

生吃鱼片，必须薄切，盖因生鱼肉纤维太粗，不薄切，咬不动，所以孔子说"脍不厌细"。苏东坡《泛舟城南》诗云"运肘风生看斫脍，随刀雪落惊飞缕"，这句话的大意是：切生鱼片啊，肘部运动带来阵阵风，那生鱼片啊，手起刀落如飞雪细丝飘落。这刀功，甚是了得。

切成薄片后怎么吃？成书于西汉的《礼记》说，"脍，春用葱，秋用芥。"葱和芥末都是硫化物，刺激性的气味，可以掩盖生鱼片的腥味。但为什么春天用葱，秋天用芥末？估计是因应时节变化，芥末是芥菜的种子磨成的，秋天才有收获，春天想用芥末也可以，把芥菜种子留到春天不成问题，但孔圣人说"不时不食"，有人把它理解为"不是时节的东西不吃"，所以还是用葱。古人讲究起来，一套一套的，甚于今人。

一种美食是否成流行，不能看达官贵人吃不吃，而应该看是否出现在人民群众的日常生活中。生吃鱼片，确实属于"平民美食"，至少在唐朝时就是，这有李白的诗《酬中都小吏携斗酒双鱼于逆旅见赠》为证：

鲁酒若琥珀，汶鱼紫锦鳞。
山东豪吏有俊气，手携此物赠远人。
意气相倾两相顾，斗酒双鱼表情素。
双鳃呀呷鳍鬣张，拨剌银盘欲飞去。
呼儿拂几霜刃挥，红肌花落白雪霏。
为君下箸一餐饱，醉著金鞍上马归。

李白是在公元740年写的这首诗，当时他游玩到山东，路过今天的山东汶上县，那时叫兖州中都县。这个时候的李白，还不是很出名，但还是有一些粉丝，一位叫逢七郎的青年公务员，提着"斗酒双鱼"来看望偶像，李白大为感动，"因鲙鱼饮酒，留诗而去"。李白这首诗，题目称人家为"小吏"，文中又改为"豪吏"，看来是吃人家的嘴短，赶紧改口，但两人对饮，吃的是生鱼片，这个是确凿的。

《本草纲目》对吃鱼生也有记载，"凡诸鱼之鲜活者，薄切，洗尽血腥，沃以蒜、韭、姜、葱、醋五味食之。"这个吃法，比汉朝时只有葱或芥末丰富了一些。

另一打着刘伯温旗号的美食名著《多能鄙事》，较为详细地描述了元明两代鱼生食法："鱼不拘大小，以鲜活为上。去头尾肚皮，薄切，摊白纸上晾片刻，细切如丝。以萝卜细剉，布扭作汁，姜丝拌鱼入碟，杂以生菜、胡荽、芥辣、醋浇脍。"鱼片用纸吸掉水分，这个吃法，已经与今天接近了，而萝卜泥"布扭作汁"，不知用的是萝卜汁还是去了汁的萝卜泥？如果是后者，则与日本刺身吃法一致。

吃鱼生曾经如此普通，现在吃的人少了，那是因为，生吃鱼会有致病风险。据《三国志·魏书·方技传》载，广陵太守陈登因喜爱吃生鱼片，胃中有大量寄生虫而病重，华佗的诊断是"君胃中有虫数升，食腥物所为也"。陈登吃了华佗开的药后，吐出"二升许虫，赤，皆动，半身是生鱼脍也"。华佗提醒他以后不可再食鱼脍。不料陈登好了伤疤忘了痛，不久又大吃鱼脍，三年后复发，但华佗已经不在，陈登也就病死了，终年39岁。

这个陈登，在三国时期很是一个人物，曾打败吕布，两拒孙策，连刘备都赞他"文武兼备，时人不可望其项背"，是曹操手下的一名能吏，可惜就这样死在贪吃鱼生上。

李时珍在《本草纲目》中对生食鱼脍也提出了严厉警示："肉未停冷，动性犹存。旋烹不熟，食犹害人。况鱼鲙肉生，损人犹甚。为症瘕，为瘤疾，为奇病，不可不知。"

据"萨尔茨堡的鱼"研究成果，吃海鱼鱼生致病的元凶是海兽胃线虫，俗称"异尖线虫"，它是异尖线虫属下多种寄生虫的统称。异尖线虫能感染的海鱼很多，包括鲑鱼、鲔鱼、鲭鱼、鲷鱼、带鱼、鲱鱼、鳕鱼、乌贼等，几乎涵盖了日常食用的大部分鱼类。近海鱼类 90% 以上都会感染异尖线虫，它们主要寄生在鱼内脏附近。不过由于渗透压的差异，异尖线虫感染人体的概率并不高。

虽然异尖线虫的幼虫在人体内无法继续发育成熟，但还是会对人体健康造成一些影响。感染异尖线虫对人体的影响，主要包括急性感染和过敏反应这两种。异尖线虫活虫进入人体后，一般会侵入并寄居于消化道黏膜，可能会引起急性感染，使人出现腹痛、恶心、呕吐、腹泻、出血等不适症状。

食用淡水鱼鱼生致病的元凶是肺吸虫、管圆线虫、裂头蚴等，它们能适应人体环境，能以人类为最终宿主并完成生活史。它们能穿透消化道进入腹腔，游走并寄生于肺部、肝脏、脑部等重要部位，造成严重的机械性损伤和免疫病理反应。

那么，吃鱼生时加芥末、姜丝、蒜泥、醋、酱油、烧酒等，能杀灭这些虫吗？据相关实验显示：这些虫能在 50%vol 的白酒浸泡下，存活至少 15 分钟；能在酱油里存活数小时；能在食醋和人工胃液环境下存活几天；对山葵、姜汁、蒜汁同样非常耐受。人体口腔和消化道能耐受的极端环境，对这些虫来说都毫无压力，想通过这些来杀灭寄生虫属于妄想。最安全的方法，就是彻底煮熟，如果戒不了口，那也不要吃淡水鱼生，可以考虑吃低温急冻的海鱼。美国食药监局（FDA）规定生食鱼肉需在零下 35 摄氏度下急冻 15 小时或零下 20 摄氏度下急冻一周，这样几乎能够杀灭所有寄生虫，欧盟的标准则是在零下 20 摄氏度下冷冻 24 小时以上。

广东人好吃鱼生，尤其是顺德鱼生、梅州五华县鱼生和河源龙川县龙母鱼生、潮汕鱼生，清代广东百科全书《广东新语》说："粤俗嗜鱼生""鱼脍宜生酒""生食之所以助阳也"。吃鱼生还能壮阳？这纯属胡说八道，倒是流行病学数据值得引起重视：喜欢吃鱼生的顺德和江门地区，肝吸虫患者比例明显高于其他地方。为健康计，还是不要吃鱼生！

　　本文部分资料来自萨鱼《海鲜生吃，寄生虫的风险究竟有多高？》，特此鸣谢！

# 6. 臭味相投

　　臭，一种令人很不愉快的味道，大部分人避之不及，但是，有人却趋之若鹜，一谈起吃臭，眉飞色舞，笑逐颜开，食臭一族，可谓臭味相投。

　　国人喜欢臭，可谓历史悠久。最早记录吃臭的，是司马迁的《史记》，他在说到秦始皇死后，秘不发丧，但尸体会发臭，为掩人耳目，"会暑，上辒车臭，乃诏从官令车载一石鲍鱼，以乱其臭。"这里的鲍鱼就是咸鱼，这说明，至迟在秦朝，大家就开始吃咸鱼。

　　西汉史学家刘向的《说苑·杂言》，其中有这样的内容，孔子曰："吾死之后，则商也日益，赐也日损。"曾子曰："何谓也？"子曰："商好与贤己者处，赐好说不若己者。不知其子，视其父；不知其人，视其友。不知其君，视其所使；不识其地，视其草木。故曰，与善人居，如入芝兰之室，久而不闻其香，即与之化矣。与不善人居，如入鲍鱼之肆，久而不闻其臭，亦与之化矣。丹之所藏者赤，漆之所藏者黑。是以君子必慎其所与处者焉。"

　　大意是，孔子说："我死之后，子夏会比以前更有进步，而子贡会比以前有所退步。"曾子问："为什么呢？"孔子说："子夏喜爱同比自己贤明的人在一起，子贡喜欢同才智比不上自己的人相处。不了解孩子如何，看看孩子的父亲就知道了，不了解本人，看他周围的朋友就可以了，不了解主子，看他派遣的使者就可以了，不了解本地的情况，看本地的草木就可以了。所以常和品行高尚的人在一起，就像沐浴在种植芝兰散满香气的屋子里一样，时间长了便闻不到香味，但本身已经充满香气；和品行低劣的人在一起，就像到了卖咸鱼的作坊，时间长了闻不到臭味，也是融入环境里了；藏丹的地方时间长会变红，藏漆的地方时间长会变黑，也是环境影响的。所以说真正的君子必须谨慎地选择自己处身的环境。"

这说明，孔子时代，就已经有人吃臭，而且不受上层社会待见。这些文字，把国人吃臭的历史，往前推到了春秋战国时期。

宋代传奇小说，记述隋炀帝幸广陵江都时宫中秘事的《大业拾遗记》，也讲了一个吃臭咸鱼的故事："又献鮆鱼含肚千头，极精好。作之法：当六月七月盛热之时，取鮆鱼长二尺许，去鳞净洗。停二日，待鱼腹胀起，方从口抽出肠，去腮留目。满腹内纳盐竟，即以末盐封周遍，厚数寸。经宿，乃以水净洗。日则曝，夜则收还。安平板上，又以板置石压之。明日又晒，夜还压。如此五六日乾，即纳乾瓷瓮，封口。经二十日出之，其皮色光彻，有如黄油，肉乾则如糗。又如沙棋之苏者，微酸而有味，味美于石首含肚。然石首含肚亦年常入献，而肉强不及。此法出自隋口味使大都督杜济，济会稽人，能别味，善于盐梅。亦古之苻朗，今之谢讽也。"

大意是：炎热的六七月，取二尺多长的鮆鱼去鳞洗净，放两天等鱼肚子发胀，从鱼嘴抽肠去腮，往肚子里塞盐，把鱼埋进盐里一个晚上，用水洗净，白天曝晒，晚上用石板压，如此这般弄个五六天，鱼晒干了，再放进瓷瓮中密封，二十天后就可取出来吃了。这个做法，类似于粤港澳的霉香咸鱼，相当一部分广府人还很喜欢。至于文中提到的三个人物，一个是这种"霉香咸鱼"的发明人杜济，会稽人。会稽，即今之绍兴，这个杜济，懂吃又懂做，人称"口味使大都督"，绍兴人喜欢食臭，全国排名第一，估计也与杜济有关；一个是苻朗，前秦苻坚的侄子，正史《晋书》里认定的美食家，连鹅肉是白毛还是黑毛都可以吃得出来的神人；一个是谢讽，隋炀帝的"尚食直长"，这个官职一看就是负责皇帝吃喝的，必须懂吃。

这个信息很重要，说明食臭这一习惯，隋朝也一直延续，而且不仅仅是民间喜欢，连皇宫也吃上了！孔夫子于吃吃喝喝方面曾定下诸多规矩，"齐必变食，居必迁坐。食不厌精，脍不厌细。食饐而餲。鱼馁而肉败不食，色恶不食，臭恶不食，失饪不食，不时不食，割不正不食，不得其酱不食。"其中的"臭恶不食"已被颠覆。我的推测是，食臭原本是只存在于民间的，古代保鲜技术有限，食物发臭后又不舍得扔，想出各种办法加工来吃，没想到竟弄出奇效，成为一种美味，而且，至迟于隋朝，还进入上层社会。

咸鱼这种臭，大多数人还可接受，皆因有盐的参与，阻断了鱼继续腐败发臭的过程，这一原理，也用于制作另一个臭东西——青方腐乳。青方腐乳，也称臭豆腐，发明时间不长，也就清朝康熙八年的事，这一年，进京赶考的书生王致和名落孙山，为在京城谋生路，自己制作了一些豆腐，沿街叫卖。天气炎热，一些没来得及卖出去的豆腐容易坏掉，王致和就把这些豆腐切块放在缸里用盐腌储存起来，竟一时忘了。过了一些时日，王致和想了起来，打开这个缸的时候，豆腐早已变得臭不可闻，他不舍得扔，尝了一下，这些豆腐居然有一股别样的香气，有商业头脑的王致和就决定试着兜售这些变臭的豆腐，没想到大受欢迎，从此，青方腐乳便在民间流传开来。

臭到一定境界的著名小吃炸臭豆腐，则可回溯到明朝。谁发明的已不可考，有拉上朱元璋的，有说明末学者何日华在著作中提到过的，我目前还没看到相关文献，不予置评。但这种臭不可闻的小吃，确实有席卷大江南北之势，长沙和南京的臭豆腐相当闻名，台湾、浙江、上海、北京、武汉等地的臭豆腐也毫不相让。我也经常吃到臭豆腐，新荣记的臭豆腐尚可接受，上海甬府的臭豆腐，我吃了半块就投降了，这种闻起来臭、吃起来香的东西，也不是谁都可以接受的。杭州江南渔哥的臭豆腐刺身简直就如从厕所里直接端出来，我只能干瞪眼。

臭的另一代表食物臭鳜鱼则是徽菜的拳头产品，论辈分，还浅得很。相传在200多年前，沿江一带的贵池、铜陵、大通等地鱼贩每年入冬时将长江鳜鱼用木桶装运至徽州山区出售，因要走七八天才到屯溪，为防止鲜鱼变质，鱼贩装桶时码一层鱼洒一层淡盐水，并经常上下翻动。鱼到徽州，鳃仍是红的，鳞不脱，质不变，只是表皮散发出一种异味。洗净后以热油稍煎，细火烹调，异味全消，鲜香无比，成为脍炙人口的佳肴。

广西柳州的螺蛳粉，也是以臭扬名。抓一把螺蛳，再来少量山奈、八角、肉桂、丁香、辣椒等香料，熬出一锅鲜、酸、爽、烫的汤汁，抓一把柳州特有的软韧爽口米粉，加上酸笋、花生、油炸腐竹、黄花菜、萝卜干、鲜嫩青菜等配料及浓郁适度的螺蛳汤水调合而成。和其他臭食一样，有人喜欢螺蛳粉的鲜，有人也受不了螺蛳粉的臭。有人这样形容螺蛳粉的臭味——自己在家煮粉吃，吃完锅、碗、筷子是臭的，连衣服和头发都是臭的，仿佛进入了停水一个月的厕所。

这些闻起来臭，吃起来香的食物，缘于食物分解有两个路径。鱼和豆腐都含蛋白质，它们在发酵腌制和后发酵的过程中，蛋白质在蛋白酶的作用下分解，所含的硫氨基酸发生水解，产生一种叫硫化氢的化合物，便便、臭屁里都有这种化合物，具有刺鼻的臭味，所以闻起来臭。蛋白质分解后，产生氨基酸，而氨基酸又具有鲜美的滋味，臭豆腐吃起来也就很鲜了，而鲜，很多人说成香。

　　螺蛳粉那股浓郁的味道，则是来自腌制的酸笋。发酵后的酸笋，含有较高的吲哚分子等物质，这类物质可以散发出淡淡的腐臭味，这就是螺蛳粉臭味的来源。吲哚是吡咯与苯并联的化合物，又称苯并吡咯。吲哚浓时具有强烈的粪臭味，扩散力强而持久；高度稀释的溶液有香味，可以作为香料使用。大家对稀释了的吲哚都闻到了香，对浓一点的吲哚，有些人受不了，有些人很喜欢。

闻起来臭，吃起来香，为什么一些人接受得了，一些人接受不了呢？这是因为，我们接触食物，首先是经过嗅觉，空气从鼻孔吸入后，气味分子与分布在鼻腔上部的各种嗅觉感受器结合，产生信号，上传给大脑，我们便闻出了不同气味，闻到了臭，大脑做出"不好吃"的判断，这部分人就接受不了。另一部分人顶住臭味，味觉尝到了鲜香，气味分子也从口腔扩散入鼻腔的后方，食物的味道、口感等信息一同被传入大脑，大脑神奇地被食物的美味"说服"，大方接受臭味，甚至为其加上了美味的标签，这部分人，接受了先臭后香。

　　也有研究表明，每个人的嗅觉感受器表现不一样，这导致了人和人之间对气味的反应程度和接受程度非常不同。里昂大学研究人员用臭奶酪进行了一项研究，通过功能性磁共振成像技术观察，那些反感臭奶酪的人闻到臭奶酪气味时，他们大脑中享乐和动机相关的一部分关键节点没有激活，也就是说他们对奶酪没兴趣，然而，那些不反感臭奶酪的人，身上就没有这种现象。这也可以解释，不同的人，对臭味的接受程度确实不同。

　　尔之蜜糖，吾之砒霜，在吃臭这个问题上，还真是分成两个截然相反的阵营。好不好吃，本身就是一种很主观的体验，不必强调一致，有人敬而远之，有人臭味相投，挺好！

# 7. 海鲜世界里的科学与经验之争

以烹东海海鲜出名的江南渔哥，总部在杭州，广州有分店，主理人蔡哥虽然主座杭州，但大概每月会来广州一次，每次待上四五天。每次来广州，我们都会约上吃个饭，聊下天，顺便互相吹捧一下。这次蔡哥说到广州江南渔哥试几个新菜，杭帮菜也善烹海鲜，我当然充满期待。

一口气吃了几道宁波特色海鲜，萝卜丝油带、雪菜笋丝川乌、鲥鱼汁蒸东海黄鱼、鱼头佛跳墙、鳗鲞……每道都很好吃，很快把我吃撑了。但是席间关于海鲜的科学与经验之争，还是需要掰扯几句。

决定同一种海鲜好不好吃的首要因素是新鲜度。由于海水的渗透压与空气的压力不同，大部分海鲜离水即死。鱼身上有一种叫氧化三甲胺的东西，它有一点鲜味和微弱的甜味。鱼死去不久，氧化三甲胺分解释放的三甲胺、二甲胺是鱼腥味的主要来源。此外，鱼油中 DHA 和 EPA 容易氧化，产生的醛酮类物质，也带来不愉悦的风味。在这个问题上，不论东海的鱼还是南海的鱼，都逃避不了。冷冻可以减缓这一进程，但是，冷冻后的海鲜，水分子膨胀，形成冰凌，挤压和刺破了海鲜的蛋白质分子和氨基酸，让海鲜的风味大受影响。所以，尽可能地靠近原产地，是海鲜好不好吃的关键，这也是海边人都坚持说自己家乡海鲜好的原因。在广州说东海的海鲜比南海的海鲜好，在宁波说南海的海鲜比东海的海鲜好，这都是在啪啪打脸。

决定同一种海鲜好不好吃的第个二因素是脂肪的含量。同一种海鲜，在不同海域里，它的各种营养构成差别不会很大，但有一些细微的差别，确实影响了味蕾对它们的感知，比如脂肪含量决定了海鲜的风味，因为海鲜的风味物质大多集中在脂肪里。同样的一种海鲜，它的脂肪含量由它有没有东西吃和是否在繁殖期所决定，所以近海的海鲜比深海的海鲜好吃，因为近海的营养源更丰富，繁殖期的海鲜因为要积蓄能量繁殖后代，所以更加肥美。在这方面，东海和南海没有什么差别，拿东海近海且处于繁殖期的鱼与南海深海不处于繁殖期的鱼比，那是田忌赛马，不讲武德。

决定同一种海鲜好不好吃的第三个因素是氨基酸的含量。同一种海鲜，氨基酸的含量由它所生活海域的海水盐度和温度所决定，海水盐度越高、温度越低，就需要更多的氨基酸来平衡海水的渗透压和温度。东海的海水盐度平均为 31~32 ppt（part per thousand），南海的海水盐度为 35 ppt，在这方面，南海胜出；但是，水温方面，东海平均水温比南海低了约 4 摄氏度，在这方面，东海胜出。这两者综合考虑，东海与南海打了个平手，在夏季七月到九月，东海和南海水温差很小，这三个月，同样的鱼，南海的更好吃！

当然了，烹饪技法也影响了海鲜的口感和风味。人的味觉偏好是小时候就形成了的，比较哪个菜系比哪个菜系更好吃，哪个菜系的表现手法更好，这完全也是感情用事，离胡说八道不远。从烹饪科学看，各种烹饪手法，实质上就是对食材扬长避短，兼顾地方口味的形式表现，我们的厨师们不一定都具备现代烹饪科学知识，但千百年的实践摸索，师傅们也总结出了一套接近现代烹饪科学的方法，比如这次蔡哥让我们试的几个菜：

萝卜丝油带，将东海带鱼与萝卜丝同煮，带鱼的鲜和萝卜丝的甜互相渗透，是这道菜的灵魂。长三角把东海带鱼叫"油带"，比珠三角把带鱼叫"牙带"聪明多了，一个突出了带鱼的肥美，一个突出了带鱼的凶相，但这不是"东海带鱼比南海带鱼好吃"的理由。

　　在带鱼的繁殖季节，东海带鱼和南海近海带鱼都好吃。东海带鱼和南海带鱼都是一个家族的堂兄弟，但区别就在眼白，东海带鱼眼白是白的，南海的偏黄。南海带鱼有深海的、热带的，这类带鱼就比不上东海的带鱼，我们吃带鱼时，有时会吃到一个骨质的小疙瘩，这个通常是带鱼的枕骨瘤，实质上是一种骨质增生，一般只有热带海域的带鱼才会生长，深海的南海带鱼就长这样。

　　萝卜含水量大，纤维之间空隙大，一加热，水被排挤出来，带鱼的鲜味乘虚而入，而萝卜排出来的水带着糖分，也进到带鱼里面，这道菜，逻辑清晰，带鱼极鲜，所以不腥。

　　雪菜笋丝川乌，将雪菜、笋丝与象山马鲛鱼同煮，笋丝的天门冬氨酸与马鲛鱼的谷氨酸、甘氨酸协同作战，鲜味大大提高。雪菜又叫雪里红、雪里蕻，"大吃货"袁枚在《随园食单》里说"冬芥，名雪里红。一法整腌，以淡为佳；一法取心风干，斩碎，腌入瓶中。熟后杂鱼羹中极鲜"。

　　雪里红与潮汕酸菜一样，都是芥菜腌制的，只是味道淡一些，用来烹鱼，实乃一绝：乳酸里的氢离子抓住腥味的三甲胺，不让它们挥发出来，我们闻不到，所以尝不出腥味，贵州的酸汤鱼，也是出于这个道理。

东海马鲛鱼在春天时到浙江象山港产卵，这时最为肥美，因为是春天的鱼，所以叫"鰆"，产卵季的马鲛鱼颜色更黑，所以叫"鯃"，"鰆鯃"这两个字太难写，所以写成"川乌"，其实还是马鲛。这道菜，川乌在广州待了三天，但还是很鲜。

鱼头佛跳墙，在传统的佛跳墙基础上加了一个大鱼头，这是一个让人脑洞大开的创新。传统的佛跳墙，选用鲍鱼、海参、鱼唇、牦牛皮胶、杏鲍菇、蹄筋、花菇、墨鱼、瑶柱、鹌鹑蛋等汇聚到一起，加入高汤和福建老酒，文火煨制而成，成菜后，软嫩柔润，浓郁荤香。大量的干货组合，非经长时间炖煮，胶原蛋白没办法释放为明胶。长时间炖煮，芳香物质也有一部分挥发跑掉。鱼头的加入，解决了这一问题：鱼头不需要长时间炖煮，鲜味的核苷酸和谷氨酸就释放了出来，与佛跳墙的各种干货释放出来的氨基酸汇聚一炉，干香与鲜香，成功会师。

猪脚火腿烩黄豆，这个组合也非常大胆。火腿与猪脚，一老一嫩，双腿合一，这通乱拳，倒不是花拳绣腿，而是氨基酸的大爆发。汤里居然看不到一层油，只有奶白色的浓汤，秘诀就在炖得极烂的黄豆。黄豆长时间炖煮，释放出大量的蛋白质，猪脚和火腿，释放出大量的脂肪，油和水不相溶，所以油浮在水上面，蛋白质分子有疏水端和亲水端，疏水端一头抓住油，亲水端一头抓住水，强拉硬拽，水和油变成一颗颗小油滴，光线一照，就是奶白色。蔡哥说这就是他小时候的味道，令人怀念。这怎么会不令人怀念呢？肉眼看不到的小油滴，脂肪里满满的风味物质，只是，吃一碗就好了，这可是绝对的营养过剩！

蒸鳗鲞，就是蒸半干湿鳗鱼干。"鲞"，从"鱼"从"美"，美味之鱼是也，本义为剖开晾干的鱼，后泛指成片的腌腊食品。

古人没有冰箱，如何给食物保鲜呢？把鱼晒干或者风干，只要水分低于15%～25%，鱼的腐败过程也就停止，但大分子蛋白质分解为小分子氨基酸的过程仍在缓慢进行，这就是鱼干美味的原因。

宁波鱼鲞和别的地方的鱼干制作工艺相似，但宁波鱼鲞含水量更高一点，这个湿度更有利于蛋白酶对蛋白质进行分解，产生更多的氨基酸，所以鲜味更突出。据唐朝陆广微的《吴地记》载：吴王阖闾入海驱逐夷人，时遇大风浪，粮食断绝。吴王祈祷上天，只见有金色的鱼群自海上来，军士就以新鲜鱼肉补充军粮。吴王凯旋之后，仍思此鱼，臣属奏称，鱼已曝干，吴王取鱼干食之，其味甚美。看来江浙人喜欢吃鱼鲞，历史悠久。

袁枚在《随园食单》中有台鲞一味，"台鲞好丑不一，出台州松门者为佳，肉软而鲜肥。生时拆之，便可当做小菜，不必煮食也；用鲜肉同煨，须肉烂时放鲞，否则鲞消化不见矣。冻之即为鲞冻，绍兴人法也。"袁枚说的台鲞，指的是台州的鲞鱼，他一口气说了鱼鲞的三种做法：生鲞、煨鲞和鲞冻。蔡哥给我们吃的是煨鲞：鳗鲞取段清水浸润至软，上锅隔水与笋片、腊肉同蒸熟，鲜美无比。用的鳗鲞，还是北江渔家的，鳗鱼上船即杀即晒，因此不腥。这道菜，100分！

# 8. 广东烧酒——老广的杜康

印象中，广东酒并不出名，但看看酒类出口排行榜，排第一的居然是珠江桥牌广东米酒，如果加上九江酒厂的远航牌九江双蒸、石湾酒厂的石湾牌玉冰烧石湾米酒，从出口量上讲也是独占鳌头。这主要得益于广大广东籍海外侨胞的口味偏好和广东烧酒极高的性价比。在广东，酒量销量最多的，也还是广东烧酒，老广，就好这口！

老广把经过蒸馏的高度酒称为"烧酒"，这是古语言的保存。中国人发明酒，久远得很，谁发明的酒，很有争议，有黄帝说、仪狄说、杜康说，反正都是传说，缺乏有力证据。

在元朝之前，蒸馏技术还没传入中国，大家喝的都是低度酒，所谓"李白斗酒诗百篇"，能喝一斗酒，比的不仅仅是酒量，还是肚量。元朝时，蒸馏技术从阿拉伯传入中国，这才有了高度酒，由于蒸馏时要用火给酒水加热，酒不仅是酿出来的，还是"烧"出来的，所以叫"烧酒"，以示与低度酒的区别。这个叫法，在粤语中保留了下来。

粮食酒是由淀粉通过酒曲分解为糖，再由糖分解为乙醇，就成了酒。乙醇对酵母有抑制作用，当乙醇浓度达到 20 度时，就把酒曲里的酵素杀死，糖转化为乙醇的过程就此终止，所以不经蒸馏的酒，最高度数不会超过 20 度，这包括我们的黄酒、娘酒、日本清酒、啤酒、葡萄酒。初酿的酒，不仅包括乙醇，还有乙醛、甲醛、乙酯、水等物质，乙醇的沸点是 78.4 摄氏度，把酒水加热，乙醇在 78.4 摄氏度时就跑出来，再冷却，就得到更高度数的"烧酒"。

酿酒原理就是这么简单，但为什么不同地方酿出来的酒，风味会不一样呢？决定酒的风味的，除了乙醇的含量（就是度数），还有醛类、脂类、醇类等几百种化学物质，这些物质含量的多少，与酿酒时采用的原料、酒曲、提纯工艺、陈化有关。

上述几种广东烧酒，在工艺上与别的地方最大的区别是：以米和大豆做曲，以肥肉泡酒，酒度只有 30 度左右，并形成了独特的香型：豉香。这种香味，因豆豉香味而得名，有人还喝出腊肉味、哈喇味、塑料味……一般的酒曲是小麦，广东烧酒用大米加大豆，这就是豉香味的来源，但为什么要用肥肉泡酒呢？

用粮食谷物来造酒，造好后的酒含有杂质，这样的酒被称为"浊酒"。明代大才子杨慎的《临江仙》中提到的"一壶浊酒喜相逢，古今多少事，都付笑谈中"，说的就是这种酒。这种酒档次低，但经济实惠，不过也不是随便消费得起的，杜甫在《登高》中说"艰难苦恨繁霜鬓，潦倒新停浊酒杯"，连浊酒都喝不起了。

如何让浊酒变清,这对古人来说不容易,清光绪二十一年(1895年),石湾陈太吉酒庄第三代传人陈如岳用太吉米酒添加肥猪肉,以石湾陶埕浸泡陈酿,发现以此酿造的米酒酒味绵甜柔和、酒香豉香浓郁、酒体丰满,且酒液清澈透明,不再混浊。这是个重大的发现,经酒浸泡的肥肉,冰清玉洁,如一块冰,陈如岳为这款酒取名"肉冰烧",粤语"肉""玉"同音,为求风雅,后来又改名"玉冰烧"。

用肥肉让浊酒变清,这个做法十分聪明。原始酒混浊,是因为里面含有不容易溶解的杂醇油和挥发性脂肪酸,根据有机物相似者相溶的原理,这些杂醇油和脂肪酸被肥肉释放出来的脂肪层所吸附,浊酒因此变得清澈。

让酒由浊变清还有其他办法,比如冷过滤处理法,让原始酒冷却至低于水的凝结点,混浊物不溶于水,就被分离了出来,把这些混浊物过滤掉,自然就剩下清酒,但这个方法成本远高于放肥肉,一百多年前古人也不可能掌握这个技术。另一个办法是经过两次蒸馏,第一次蒸馏,酒精含量在29%~31%,第二次蒸馏,酒精含量超过46%,酒液也就不会混浊,但这也牺牲一些酒体,以上三种广东烧酒都是一次蒸馏,酒精含量在30%左右,不采用二次蒸馏,显然也是出于成本控制考虑。

九江双蒸,虽然有"双蒸"两字,但指的不是二次蒸馏。所谓"双蒸"就是把由酵饭蒸出来的酒再倒入同量的酵饭中重蒸而成的酒。这一技术是一次无意中操作失误的偶然发现,当初还是夫妻店的九江友隆兴酒庄,妻子在搬动刚刚蒸好酒的酒埕时不慎滑倒,意外把整埕酒洒进一桶还没有蒸的酵饭里。无奈之下,夫妻俩把这桶酵饭继续拿去蒸馏,惊奇地发现酒会将酵饭中的香味物质抽提入酒中，起串香作用，使得酒体绵柔，酒香醇和有加，从此双蒸美酒始酿，享誉八方，成就一段酿酒传奇。九江双蒸酒饮后，会感到口腔、舌根、咽喉部有甘甜味，那是第一次蒸馏的酒与醅饭结合，部分米中仍有部分糖类还未经酵母代谢，结果酒液就带了甜味。

九江双蒸在广东烧酒中算是讲究的，也因此深受好评，清代诗人曾道恕品尝九江双蒸酒后就留下了"垂竿布网闲中事，庆举双蒸醉月明"的佳句；康有为的老师朱九江亦称道"喜得儒林陈佳酿，助吾茅舍款嘉宾"；民国初年，谭篆青主持的"谭家菜"在北京崛起，谭篆青常以"羊城双蒸"待客，据美食家唐鲁孙《令人难忘的谭家菜》载："最初谭氏窥知宾主都非俗客的时候，他也欣然陪座。等到酒酣耳热，逸兴遄飞，遇到谈得来的雅客，他会把窖藏的羊城双蒸供客品尝。"当时的广东烧酒，不亚于今日之茅台。现在的九江双蒸，也经过升级，出了"九江三蒸"，比九江双蒸好了一些。

一方水土养一方人，一方酒水也养一方人，这是味觉偏好使然。广东烧酒独特的豉香，部分老广喜欢得不行，其他人则连连皱眉，此所谓"吾之蜜糖，汝之砒霜"也；广东烧酒相对较低的度数，容易入口，对喜欢烈酒的人来说，会略嫌寡淡，但对习惯清淡口味的老广来说，却是恰到好处；低度数意味着低成本，经济实惠，于普通劳苦大众，花一点小钱，可以消除一天的疲乏和烦恼，岂不美哉？

这种骨子里讲实惠、实用、实在的消费观，正是老广的价值观；广东烧酒不仅可以用来喝，用来做菜更是绝佳选择：酒精遇热挥发，顺便把导致肉腥味的三甲胺带走，酒里的芳香物质，也给菜增香。比料酒更高的度数，去腥增香效果自然更好，比二锅头等高度数酒更低的度数，不让菜里有酒味，这就叫"刚刚好"！

广东烧酒当然不仅仅有广东米酒、石湾米酒、九江双蒸三个品牌，顺德的红米酒、梅州的长乐烧，也是广东烧酒。高端酒有高端酒的舞台，作为老广，可别忘了，我们也有广东烧酒！

# 9. 水有多深?

有一次我参加闫涛老师组织的汕头美食之旅,喝酒时要求来杯水,服务员一定是提供一杯滚烫的开水。后来我又参加一个饭局,主人是潮汕人,也给每人来杯热水,而且,还往每个水杯里撒些小苏打粉,还特别强调可以解酒。水,我们每天都离不开,可惜我们的认知都存在不少误区,尤其是我的潮汕老乡们。

### 问题一:喝开水还是喝凉水?

我们从小就被教育说不能喝凉水,但现在又喝凉的瓶装水。那么问题来了:喝凉水安全吗?要解答这个问题,首先要弄清楚,水里有什么令人不放心的东西?

水里的有害物质，一是致病细菌，二是某些有毒藻类，三是有毒无机物，比如重金属铅、砷、汞、亚硝酸盐等。把水煮开，可以把第一项的致病细菌杀死，但不能解决第二项的有毒藻类和第三项的重金属，相反，水煮开后，清洁的蒸馏水蒸发了一部分，有毒藻类和重金属比例更高了。

我们日常饮用的自来水用氯气或次氯酸盐消毒，瓶装水用臭氧消毒，都有效解决了致病细菌这一问题，甚至比把水煮开了更有效！所以，只要不是没经处理的水，不煮开也是安全的！生的自来水有一股异味，那是氯化物的味道，把自来水烧开，部分氯化物遇热挥发，那种令人不舒服的味道也就少了好多，所以，自来水烧开喝是必要的，瓶装水烧开喝是画蛇添足！瓶装水用臭氧灭菌，但也产生了另一种产品溴酸盐，这和自来水用氯灭菌产生的副产物一样，也是一种可能致癌物质，不过不用惊慌，这些都是很少的量，只要在标准范围内，对人体就不构成危害。

### 问题二：喝纯净水还是喝矿泉水？

这是目前瓶装水的两大主流，为了把水里的三大祸害收拾干净，各瓶装水制造商各显神通，有通过蒸馏的，称蒸馏水，有通过离子吸附、微滤、超滤、反渗透等技术的。去除这些有害物质技术上没问题，问题是要达到百分之百纯净的目标，成本很高，一瓶水可能要十几块钱，这种水没有市场，也没有必要。可以说，目前市场上并没有纯净水！

矿泉水宣称天然，未经污染，还含有有益矿物质。但是，现实却是残酷的，天然的水也只能存在于地球水循环系统，只要有一个环节出问题，水就会被污染。连一向被视为高端安全的某法国名牌水，也多次被查出含有亚硝酸胺和百菌清。

百菌清是一种毒性较低的杀菌剂，因为对多种真菌具有杀灭作用，在农业生产中广泛应用，农药中的百菌清，也同样会出现在这种高端水中，只是含量不超标，所以还是安全的。

矿泉水列出的诸多成分都是对人体有益的，但是，喝水只是人体获得矿物质的一个来源，人体摄取矿物质更多是依赖吃各种食物，于摄入的总量来说，矿泉水中的那点矿物质，有它不多，没有也不见得少。但好的矿泉水还是不错的，污染少，含对人体有益矿物质，口感也不错，只是价格高了一些。你需要考虑的是：你愿不愿意为此多付出？

**问题三：需要喝含碱的水吗？**

一段时间以来，有一种说法很是流行，说人体是酸性的，所以需要多吃碱性食物和喝碱性水来中和。这种说法已经被证明是伪科学！人体是一个智能系统，会自我平衡，除非胃酸过高，否则没必要刻意喝碱性水。那种往水里加小苏打的喝法，简直不是喝水，是在喝药！

碱性水加热后也有刺激的小苏打味，如果你喜欢这种味道，也没有关系，人体会自我平衡它。

说碱性水可以解酒也没有科学道理，酒是乙醇，喝进身体后由乙醇脱氢酶分解为乙醛，再由乙醛脱氢酶分解为乙酸，然后分解为水和二氧化碳排出体外，这个过程碱起不了任何作用。起作用的是水，水稀释了乙醇，虽然乙醇总量不变，但有水的稀释，身体有更多时间来完成任务，就没那么累。这和二十秒钟跑一百米比十秒钟跑一百米轻松一些是一个道理！所以，正确的说法是，喝酒时多喝水，没那么容易醉！

**问题四：我们该喝什么水？**

没有一种水是绝对健康安全的，因为成本太高了，我们喝不起。但我们也没必要为此担心，饮用水有国家标准，只要不超标，就不会对我们的身体构成危害。我的建议是，出门在外，喝符合国家标准的瓶装水，在家里，就用普通的自来水，不会有问题。实在不放心的就在厨房装一个靠谱的滤水器，按时更换滤芯。至于什么磁化水、还原水、小分子水，目前没有科学证明其对身体有什么特别的好处，都属厂家忽悠，你所付的钱，相当一部分包含了智商税！

## 问题五：泡茶用什么水？

泡茶和泡咖啡一样，都是把茶和咖啡的物质萃取出来，热水有利于萃取，所以要用热水，而且是越纯净的水越好。含碱性的水不宜泡茶（红茶除外），茶多酚在碱性水的作用下加速氧化，变成了茶黄素或茶红素，茶汤因此变成红色，绿茶、乌龙茶、普洱茶、黄茶，通通貌似红茶，倒胃口！

硬度高的水，比如矿泉水也不适合泡茶，硬度高的水，水中的钙、镁离子含量高，会抑制茶叶中茶多酚的溶出，表现出来就是茶汤寡淡、茶香低浊。茶圣陆羽在《茶经》中说"山水上，江水中，井水下"，有一定的科学道理：山上的水比江水干净，比起井水，山水没经过地下岩层，所含矿物质少，硬度低。《红楼梦》里，妙玉在梅花上采雪泡茶，那时的雪干净，也不含矿物质，硬度和酸碱度适合泡茶！所以，只要避开碱性水和矿泉水，只要是尽量纯净的水，就是泡茶的好水！

## 问题六：水"太深了"？

对水的探索，第一狂热的当属陆羽，排第二的当算乾隆皇帝，狂热到什么程度呢？他在皇宫只喝西山玉泉的泉水，并称之为天下第一泉。后来喝到济南的趵突泉，也说是天下第一泉。每到一个地方，都带着称水的工具，同样容量的水，重的说明杂质多，轻的就是好水。这个方法大致靠谱，因为各种重金属的比重都比水大，但却测不出致病细菌和有毒藻类。古人缺乏科学手段，只能靠实践和经验总结。

现代人有了科技手段，却发现问题越来越多：自来水用氯杀菌，瓶装水用臭氧杀菌，都会带来附产品，均有可能致癌；去除重金属的同时也把水中的矿物质一网打尽。有科学家认为，水中矿物质有它不可替代的作用。从分子生物学、营养学研究进展来看，水不但起解渴、载体的作用，而且直接参与生物物质代谢、能量代谢和遗传信息传递等作用。

由此，水中的矿物质不仅补充了生物体必需的营养，而且对维持水正常构架起着主要作用。水生理学专家还指出，纯净水在失去矿物元素以后，它的水结构和功能也发生了异变和退化。水分子过分串联，变成线团化结构，不易通过细胞膜被人体吸收。但更不理想的是，这种超纯水因为不含任何矿物质，就有较强的溶解能力，导致人体细胞内的生命动力元素逆向渗透，向体外流失。

这些研究都未有定论，科学探索没有止境，"水太深了"，也总有太多问题待解决。

# 10. 碱性水的"舞台"

上篇《水有多深》，对传说中碱性水平衡酸性体质、碱性水解酒予以否定，但碱性水并非一无是处，只要不是夸大甚至虚假宣传，碱性水应该有它的舞台，能够扮演好它的角色。

首先，碱性水对胃酸高的人有不错的治疗辅助作用。人体主要是通过胃蛋白酶和胃酸进行消化。胃酸的浓度与日常使用的白醋浓度相近，胃酸对于消化食物起到了非常重要的作用。同时，胃酸可以杀死进入胃部的大部分细菌。但是胃酸分泌过多也会对消化道造成伤害，因为胃酸的酸性很强，会腐蚀胃部黏膜，造成胃痛、泛酸、胃部有灼烧感等症状，严重的患者还会引发胃溃疡等多种消化道疾病。碱性水有利于中和胃里过多的胃酸，但也应该遵医嘱，科学饮用。

其次，适量的碱性水煮粥，粥水更浓稠，也更绵滑。食用碱能够提高大部分蛋白质与水的亲和能力，对于各种粮食来说，加一点碱，其中的蛋白质就比较容易吸水溶入汤中，这样一来，淀粉微粒也更容易散开，煮粥之后口感就比较黏稠，而且有滑溜感。但是，碱对于大部分维生素来说，却是一种可怕的敌人。维生素 C、维生素 $B_1$、维生素 $B_2$、叶酸等都非常怕碱。碱性条件下加热，损失就更为惨重。加了碱，又长时间地熬煮，无异于把其中的维生素 $B_1$ 和维生素 $B_2$ 赶尽杀绝。

碱加多了，还有一种不舒服的碱味，从而破坏新鲜粮食中原有的香气。煮粥时用 1/4 的碱性水和 3/4 的纯净水或自来水，粥更浓稠绵滑，也更能让大米释放出香气，口感更好，香味更足，但却会损失维生素，使得营养流失。

第三，碱性水有利于绿叶菜保持翠绿。绿叶菜的绿色，缘于富含叶绿素，叶绿素中有一种叫作卟啉的化合物，它的结构是几十个碳、氢和氮原子围绕着一个镁离子，当光照射到镁离子时，只有绿色光反射出去，其他颜色则被它吸收，有去无回，所以就是绿色。当叶绿素在 60 摄氏度的环境中待的时间太长，或者经过长时间加热，蔬菜中的部分细胞破裂，分离出氢离子，氢离子取代了镁离子，光照射到氢离子身上，就会出现令你没有胃口的棕褐色或黄色。

如此看来，氢离子就是"捣乱分子"。避免长时间加热，快速越过 60 摄氏度是保持青菜翠绿的方法，另一个方法就是在焯水时往水里加小苏打或用碱性水：碱把氢中和了，把氢离子这个捣乱分子消灭掉，保护了镁离子，青菜自然就翠绿了。只是，用量上要掌握好，太浓的碱性水，会带来令人不舒服的味道。

# 3
## 第三篇

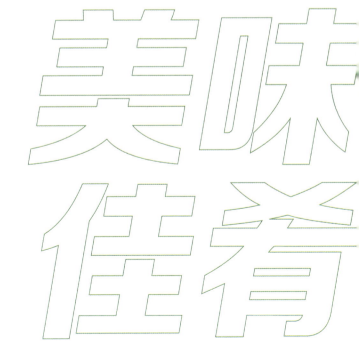

美味佳肴

# 1. 容月豆沙肥膘碱水粽

　　每到中秋，容月总是一饼难求。同样，每近端午，容月的豆沙碱水粽，也总是一推出几个小时即售罄。尽管我与容太是号称"宇宙级"的好朋友，也不好意思向她开口——她太豪爽了，总不收钱。我猜想，这是她对付朋友们的方法：纯手工制作，确实供不应求，只有用这种办法，才可堵住朋友们的嘴，毕竟，没皮没脸的人还是少数！

　　容太做粽子，与众不同。豆沙是主角，糯米却是很次要的配角。粽子有三种馅：陈皮豆沙馅、豆沙肥膘馅、豆沙咸蛋黄馅。以馅为核心，占粽子的五分之四，在碱水泡过的糯米里轻轻一滚，均匀地粘上一层糯米，再用竹叶包成长方体，煮六个多小时。这样做出来的粽子，馅多米少，豆沙无渣，绵软细腻，米香碱香依次来袭，黏糯不粘牙，微韧有弹性，真是人间美味，天下无双！

　　容粽的重点在馅，他们有独门绝技——豆沙馅。豆沙很普通，但要做到细腻无渣，这个学问就大了。我们的味觉感受器是由蛋白质组成的，它们只能感知小分子物质，对一切粗糙的食物，会天然地给予差评。豆沙好不好，细腻就是一个硬指标。把豆子煮熟捣成泥，只要肯花工夫，就可以得到细腻的豆沙，难点主要在豆皮。

　　负责保护种子的豆皮，主要成分是木质化的植物纤维，把它捣鼓成小分子物质，不容易。这层皮，富含酚类物质，豆沙的味道有相当一部分来自它。同时，它也含单宁，就是鞣酸，接触到味觉感受器里的蛋白质，会影响唾液分泌，这就是"涩"，细腻的对立面。这就产生了一对矛盾——去掉豆皮，可以令豆沙更细腻，还没有涩感，但风味不足；保留豆皮，可以增加豆沙风味，但不容易做到细腻！老容家很好地解决了这对矛盾，个中秘密，不便公开。其他的倒是可以公开，比如用柴火煮豆，柴火的萜烯类芳香物质也飘进了豆沙中，这就是传说中的人间烟火，给豆沙增香。

现代人的口味偏好已经不喜欢太甜，减糖就是好豆沙的另一个硬指标。但是，溶化了的糖却是很好的黏合剂，可以把豆沙团结起来，否则就是"一盘散沙"了。糖又是一种天然的防腐剂，各种蜜饯久放不腐烂，就是糖的功劳。这也产生了一对矛盾：糖放多了，太甜大家不喜欢；糖放少了，豆沙松散且不好存放。容月豆沙很好地解决了这一矛盾，不太甜，但也不松散，至于久存这一问题，他们不管——容月的产品一向一个难求，还要久存？

碱水粽是老广端午吃的粽子的一种，因食材中有碱水而得名。将糯米用碱水浸泡一个晚上，泡后的糯米略黄，沥干水后包粽子。老广认为，农历五月气候炎热，雨水较多而且湿气颇重，阴气萌生，蚊蝇虫病害较多，疫情多发，故而将五月称为"恶月"，端午则为"毒日"。碱水粽含碱，具有清热泻火，解毒凉血之功效，故端午时节吃碱水粽可清除肠毒。

天然碱水的取得，麻烦得很，陈晓卿老师的《风味人间》中曾提到过制作碱水粽最原始的食用碱：收集牡荆树枝条，用火烧，得到灰烬后再用热水反复过滤，就得到了碱水。牡荆树不是哪都有，稍为简单的是用稻草烧灰，其实，不管是牡荆树条还是稻草，植物燃烧的灰烬中都含有大量碳酸钾，用热水反复过滤，获得的碳酸钾水溶液就是灰碱水。

天然碱水的取得太过麻烦，更简单的方法是直接用小苏打，它的成分是碳酸钠，钠和钾是元素周期表里的近亲，分子结构很近，调成水溶液，也是碱水，容月碱水粽采用的是用稻草制作的天然碱水。

用糯米制作的粽子，软糯缠绵，加了碱水，则变得糯中带韧，有了一份嚼劲，这是为什么呢？糯米的主要成分是淀粉，淀粉有直链淀粉和支链淀粉两类。直链淀粉含几百个葡萄糖单元，一个接一个的一根长链，分子结构比较稳定。支链淀粉含几千个葡萄糖单元，淀粉分子像大树一样主干分叉，分子结构相对不稳定。两类淀粉的含量、空间结构和相互关系，是影响大米口感的重要因素，糯米的支链淀粉含量最大，熬煮后易成糊，其黏性较大，但冷却后不能呈凝胶体，这就是糯。

糯米中还含有蛋白质，其中有一种谷蛋白，谷蛋白有许多半胱氨酸，这种氨基酸上有一个巯基，由硫原子和氢原子组成。氢原子如果出走，两个硫原子就链接在一起，化学上称为"二硫键"，当大量的二硫键形成，糯米中的谷蛋白就形成了一个巨大的网络，这个网络在受到外力作用，比如牙咬时，就产生变形但不断开的效果，要让它断开，就需要用劲咀嚼，这就是筋道！

碱和糯米中蛋白质里的氢发生化学反应，氢被"调虎离山"，剩下的硫原子就互相联结，形成二硫键，表现出来的就是筋道。又糯又筋道，这就是碱水粽的迷人之处！

不论是用天然碱水碳酸钾做碱水，还是用食用碱小苏打碳酸钠做碱水，都含有一点苦味，所以吃碱水粽时，都会蘸上糖或者蜂蜜，这是因为甜能去苦。容月豆沙碱水粽用豆沙代替了糖，所以不苦，还有豆香；碱水还有涩感，容月豆沙碱水粽加了猪肉肥膘，经六个小时以上的水煮，脂肪充分释放，就抵消了碱水带来的涩。

现代人对肥肉是又爱又恨，又喜欢又恐惧，既喜欢脂肪带来的芳香和润滑，又恐惧它会导致肥胖。在碱水粽中吃到肥肉，我们心中的罪恶感一下子获得了安慰。你在心里告诉自己："碱水粽是健康的，碱水是刮油的，吃进点肥肉，不怕！"我们在享用美味时，这种心理平衡很重要，尽管有时是自欺欺人！

有甜豆沙和肥肉的粽子，很容易夹生，这是因为糖和脂肪妨碍了水和糯米的交互：热传导使淀粉分解后和水结合，形成一个网络，专业上叫"糊化"。更长时间地加热，可以解决部分问题，所以煮粽子通常要六七个小时。包粽子掌握好松紧度，也是解决夹生的关键，扎不紧，大量水涌进去，变成煮粥；扎太紧，水根本进不去，米煮不熟。容月豆沙碱水粽只有薄薄一层糯米，松紧合适，所以不可能夹生。

容太说，一只夹生的粽子，好比一段无奈的婚姻，黏在一起，却彼此不愿意配合取悦对方，各自为政，不生不熟，吃起来难受，丢弃了可惜。看来，幸福婚姻，也犹如做粽子。

## 2. 充满争议的肠粉

老广的早餐，不论是耗时的早茶，还是人们匆忙走进早餐档的简单早餐，都时常可以见到肠粉的身影。这个貌似普通的东西，却充满了争议。

### 肠粉，你是何方神圣？

将磨好的米浆浇在白布或者薄铁板上，隔水蒸熟成粉皮，再在粉皮上放上馅料，卷成猪肠形，置于盘上，淋上调好的酱汁，就是肠粉。别看这个东西简单，里面门道却深得很，仅就它的发明专利归属，就颇有争议。

一种说法说肠粉始于唐朝，发明专利权属六祖慧能。说今天的罗定，当时叫泷州，有一年闹天灾，百姓饥饿，为了解决百姓饥饿问题，慧能和他的师父慧积和尚创造了油味糍。

由于这种油味糍太薄了，不能像之前的可以分成一块块，所以只能全部铲回一堆然后再分切成一段段或不分，为区别于油味糍，就叫它油味糍片。慧积亲自参与油味糍片改进研究工作，之后安排宝亮、慧能等弟子为泷州百姓传授新油味糍做法，这种油味糍片很快就在泷州大地传播开。慧能很懂感恩，在传播过程中帮助起了个新的名称，叫作慧积糍。由于慧积糍源自龙龛道场，当地也有人称之为龙龛糍。而这个龙龛糍后来被人叫作肠粉，龙龛道场也就是罗定肠粉的发源地。

这个说法不足以服众！六祖慧能的生平虽然众说纷纭，但与罗定没有关系却是板上钉钉的。慧能出生地在罗定的旁边新兴，当时叫新洲，他出家在广州的光孝寺，成名在韶关的南华寺，圆寂于新兴的国恩寺，就是没有罗定什么事。

即便是得五祖弘忍衣钵隐遁那五年，也只是在四会与怀集之间。有一种可能，也许这时他到过罗定，但别忘了，他是隐遁，还没出家，怎么就成为慧积的弟子了？再说了，天灾饥饿，能有个粥吃就不错了，还弄什么肠粉？

另一个说法，将肠粉的知识产权授予了乾隆皇帝，说乾隆皇帝游江南那会儿，受了吃货大臣纪晓岚的诱惑，专门转到罗定州吃龙龛糍。当吃到这种"够爽、够嫩、够滑"的龙龛糍时，乾隆赞不绝口，并乘兴说："这糍并不算是糍吧，反而有点像猪肠子，不如就叫肠粉吧。"这种说法也是编造的，乾隆一辈子就没来过广东，更别说去罗定了。

　　肠粉这种表现形式，倒是与粤东客家地区的特色风味小吃捆粄有些相似。捆粄，用大米做成米浆，然后用铁炊具通过蒸汽蒸成一张类似河粉一样的米膜，做法跟炊肠粉一样。客家人祖上是从中原南迁而来，有人推论因客家地方不种小麦，无面粉可制春卷，客家人用大米磨粉制皮代替春卷，就是现代肠粉的前身，有一定的道理。

　　与客家捆粄比，离广府人更近的是沙河粉和猪肠粉。将米浆蒸熟，重叠起来后切条，这种表现形式就是沙河粉；将米浆蒸熟，卷铺盖似的紧紧卷成一团后切粒，这种表现形式就是猪肠粉。

　　肠粉一开始是猪肠粉的简称，后来有人往里加了馅料再卷起来，这是传统猪肠粉的升级版。"苟富贵，必相忘"，为了划清界限，肠粉就专指卷有馅料的，连不放馅料但随便蓬松卷起的粉皮都归入此类，名曰"斋肠"；而猪肠粉就专指传统切粒紧紧卷起的粉皮，这个队友如果还是队友的话，只能是猪队友，所以"猪"字必须保留，以示区别。

据岭南饮食文化研究专家周松芳博士提供的资料，最早出现沙河粉的文字记载，是1928年《统计汇刊》第三期，其中有《广州市米制河粉汤粉工人工资指数表》，记录了自1912年至1928年广州河粉汤粉工人的工资水平。最早出现猪肠粉的文字记载，是1911年《抵抗画报》第三期，其中有《华侨的爱国热情（上）》，报道了一名卖猪肠粉的华侨吴标君捐款的先进事迹。这可以说明，肠粉的队友河粉、猪肠粉，在清末民初出现了，而肠粉的登场，还要稍待几年。

2007年出版的《中华名吃·广东菜》中认为，肠粉是在抗日战争时期由广州西关泮塘荷仙馆创制。而1998年出版的《香港特色小吃》则认为，肠粉实际上是20世纪30年代的流动小贩们制作出来的一种街边小吃，到了后来，才逐渐出现在餐馆里，并搭配了各种馅料。

民国时期正是粤菜点心创新的高光时刻，这个时候受客家的捆粄启发，从创造河粉、猪肠粉上升级，改造成今天的肠粉，逻辑上是成立的，史料上也是支持的。情况就是这么个情况，肠粉不可能是出自六祖慧能，也不可能由乾隆命名，连产于罗定都可以否定。从渊源看，它更可能来自客家的捆粄、广府的沙河粉和猪肠粉，民国时期在广州西关改良而成。

清朝时的广州城，分属番禺县和南海县（广东省佛山市南海区）管辖，而西关，属于南海县，到了民国时期，就归属于广州了，所以，肠粉的发源地不言而喻。

## 肠粉，你该用布拉，还是进抽屉？

从米浆变成粉皮，必须经过蒸制。肠粉的蒸制，一开始是用扁平竹篮，所以就有窝篮拉肠的说法。将米浆倒在竹篾编织成的扁平篮子上，撒上馅料，再放到蒸笼里蒸熟，这种方法费时费力又占地，现在已经很少有人这么做肠粉了。

取代窝篮拉肠的是布拉肠。把磨好的米浆均匀浇至编织细密的布上，盖上盖子，利用蒸汽将米浆蒸熟。布是制作布拉肠的关键，一般要用的确良布，因为它的布质光滑，能够减少粉皮表面的褶皱。但是，的确良布表面的流动性一般，非常容易使粉皮薄厚不均，所以，倒完米浆后要用手均匀地将米浆朝各个方向推，以保证厚薄均匀，这非常考验肠粉师傅的手艺。

随着需求的增加，传统的布拉肠出品还是太慢，于是有人改良了多层蒸屉，也就有了抽屉式拉肠。将米浆倒入铁盘，铺上馅料，再推进蒸笼里蒸制。因为铁盘表面的流动性比较好，所以抽屉式拉肠的出品更加透薄。

不管是哪种方式制作，蒸肠粉的蒸炉火一定要猛，这样口感才会爽滑。总有人争论布拉肠和抽屉式拉肠孰优孰劣，其实，决定肠粉口感的，更重要的还是米浆、师傅的手艺和蒸制时间。蒸制工具当然会对口感有影响，但并没有很多人描述得那样夸张。当然，布拉肠对肠粉师傅手艺的要求更高，必须很用心，用心的美食，不好吃才怪，这或许是很多人认为它更好吃的原因。

## 肠粉，是广式的好，还是潮汕的好？

肠粉产自广州，随着早茶文化的推广，20 世纪它也出现在潮汕地区。因为海鲜丰富而且民风朴实，潮汕人用自己强大的改良能力，把简单的一条斋肠，丰富成了饱满浓郁的本地肠粉，这种改良，主要体现在馅料和酱汁上。

潮汕肠粉，虽然也是以猪肉肠粉和牛肉肠粉为两种基本款，但添加的内容，却可以把那些"基本"忽略不计：猪肉肠粉以鸡蛋瘦肉打底，一般主要配料还会加入蚝仔和青菜，有的店还会根据自己的习惯加入豆芽和其他辅料。牛肉肠粉一般不加入鸡蛋，但是会加入沙茶与鲜虾。有的潮汕肠粉店里，还流行在牛肉肠粉里加入番茄或者青椒，牛肉则是使用最有香味的黄牛肉，想想潮汕著名的牛肉火锅，那种香，你懂的！是的，这么多馅料放在一起，面对着它，我总觉得是在吃火锅。

广州肠粉的酱油比起中国大多数地区的酱油，已经很优秀了，但是潮汕肠粉所用的酱油，根本就不是酱油，而是用像做卤水一样的做法做出来的特制酱汁。潮汕肠粉的酱汁由桂皮、八角、丁香、蒜头、酱油、油与其他辅料熬制而成。想想潮汕另外一个赫赫有名的卤水鹅，你再回忆下，就会发现这里面的事情有太多的门道。当然，它们之间还是有区别的，潮汕肠粉的酱料没有卤水那么咸浓，但是又有一点卤水的香味，配合炸好的菜脯（萝卜干），然后一起淋在肠粉上面，这是什么感觉？

潮汕肠粉经过二十几年的改良，成了潮汕地区具有代表性的小吃，在各个档主疯狂且随意的发挥下，在贪吃的潮汕人民鼓舞下，广东地图上插遍潮汕肠粉的小红旗，潮汕肠粉在广东的地位直线上升，竟形成了与广式肠粉互相割据、互相叫板的局面，如果想挑拨广府人与潮汕人的关系，那就让他们聊聊肠粉。

### 肠粉，好吃的标准是什么？

肠粉，由三部分组成：粉皮、馅料和酱汁。我觉得，一碟好吃的肠粉，应该是粉皮爽滑又有些许韧性，米香浓郁；馅料嫩滑鲜香兼备；酱汁咸甜适中，味中有物又不喧宾夺主。按此标准，对各个地方、各家门店的肠粉进行评判，也就轻而易举了。

与面粉不一样，大米的蛋白质含量低，谷蛋白少，巯基中的二硫键就少，所以不能如面团般形成一个巨大的网络。但是，大米中的淀粉，虽然各自为政，但一经加热，淀粉分子就溶解到水中并充分伸展，互相纠缠在一起，形成一个网络，这就是粉皮。

大米中的淀粉，分为直链淀粉和支链淀粉。直链淀粉是葡萄糖分子一个连一个，形成一根长链；支链淀粉是葡萄糖分子连接时形成很多分支。所以，支链淀粉多的大米做的粉皮，更容易互相纠缠，形成网络，这就是韧；而直链淀粉多的大米做的粉皮，就不容易互相勾结，这就是爽。又爽又滑本来就是一对矛盾，怎么办？粳米籼米勾兑就可以做得到，因为籼米直链淀粉含量高，粳米支链淀粉含量高！至于比例和配方，是各个肠粉店的独门绝技，也就决定了肠粉里粉皮的口感。

至于米香，主要是由大米的脂肪含量所决定，这方面，米的品种和米的新鲜度起决定性作用。用东北新米固然米香十足，但同时也黏性十足，蒸出来的粉皮就是软绵绵的，不滑不爽。解决这一对矛盾，也靠新旧米的勾兑，这又是各个店的秘密。

蒸肠粉之前要先磨米浆，磨米浆前要将大米泡 3~8 个小时，时间的长短，根据大米的构成比例和气温来决定。这是个费时费力的活，于是有人就用粘米粉代替米浆，再加入澄面、栗粉和生粉，这样出品的肠粉，其实口感也很好，不过还是缺少一些米香气。磨米浆也有很多门道，速度慢出不了活，速度快米浆受热熟化，又不是全熟，这种半生熟的米浆会影响肠粉的口感。

潮汕肠粉因为馅料足，所以粉皮必须够厚才能包得住，否则容易露馅。过厚的粉皮不通透，影响形象，也难以做到既滑又爽，在粉皮这一方面，广式肠粉胜出！

肠粉的第二个要素是馅料。从馅料的丰富性来说，潮汕肠粉完胜。但是，馅料也不是越多越好，否则来碟肉炒菜好了，广式肠粉胜在粉皮与馅料高度统一，比较适中，米香肉香互不抢戏，尤其是把肉打成肉滑的那种肠粉，简直就是可以从嘴里略为咀嚼品味，就可一滋溜滑进喉咙里，那种舒爽，既美妙又适合早餐赶时间的节奏。这个环节，潮汕肠粉和广式肠粉各有千秋，就看你自己的偏好了。

酱汁是肠粉的灵魂，既为肠粉调味，也有自己独立的表现舞台，过于寡淡，则承担不了重任，而过于浓烈，则喧宾夺主，没有酱汁应有的安分。这方面，广式肠粉的酱汁更为沉稳，而潮汕肠粉的酱汁则个性十足，难分胜负。作为一个长期生活在广州的潮汕人，我恨不得同时来两份肠粉，广式的，很符合我对肠粉的审美标准；潮汕式的，又可抚慰我的潮汕口味。

一碟美味的肠粉，背后都是辛勤的付出：从凌晨开始洗米泡米，到清晨磨米浆，长时间地侍候，小心翼翼。蒸制肠粉的火候要十分精确，时间长了粉皮会太老，时间短了馅料又有可能没熟，每一份肠粉背后，都是几年甚至几十年的经验积累。

　　这是一份充满十足诚意的美食，你确认不来一碟？

# 3. 面条杂谈

说美食，绕不过面条，盖因酒足之余，总得来点主食，方显饭饱。而主食，或饭或面或点心，如果是面，做得不好，则之前的各式美食，往往会被质疑。广州城中面条做得不错的，有那么几家，大家评头品足，难有定论。

面粉是小麦磨出来的，把不易消化的小麦变成容易消化的面粉，这是农业的极大进步。小麦磨成面粉，实质上是改变了小麦的分子结构，使得小麦变得更容易消化。而进一步把面粉加工成面条，让吃面更方便快捷，这简直是人类的重大发明！

毕竟在宋朝苏东坡以前，面条这个词在汉语中还没出现过。苏东坡有《贺陈述古弟章生子》一诗：

> 郁葱佳气夜充闾，始见徐卿第二雏。
> 甚欲去为汤饼客，惟愁错写弄麞书。
> 参军新妇贤相敌，阿大中郎喜有馀。
> 我亦従来识英物，试教啼看定何如。

苏东坡这首诗的大意是：吉祥兴隆的风气充斥着晚上的门庭，才看到徐卿第二个小孩子出生。本想去为客人端上汤饼，但却发愁写错了"弄麞"的这个"麞"字。你的妻子贤良有才可与你媲美，大郎二郎也很有才能。我从以前就很会辨认出奇才，先让新生儿哭出来让我看怎么样。

这里的汤饼就是面条，那时生孩子就请客人吃面条，寓意长寿。不同朝代均有对面条的记载，但起初对面条的名称却不统一，除水溲面、煮饼、汤饼外，亦有称水引饼、不托、馎饦等。"面条"一词直到宋朝后期才正式通用。

最早的实物面条是由中国科学院地质与地球物理研究所的科学家发现的，他们在2002年10月14日在黄河上游、青海省民和县喇家村进行地质考察时，在一处河漫滩沉积物地下3米处，发现了一个倒扣的碗。碗中装有黄色的面条，最长的有50厘米。研究人员通过分析该物质的成分，发现这碗面条已经有约4000年历史。

要做面条，必先有面粉，据考证，直到东汉时才出现了磨面粉的磨具，在此之前，把小麦弄成面粉，估计只能用石头砸。那时的面条，还只能是上层社会的奢侈品。

西晋博学多闻的文学家束晳在《饼赋》中把面条好好褒扬了一番，那时的面条还叫"汤饼"，大意是，寒冬腊月的天气是多么的冷啊！清晨去朋友家赴会，鼻涕被冻在鼻孔中，哈出去的气，也在嘴唇上结成了霜。冻饿相加，浑身颤抖不已，此时要饱肚暖身的话，最好不过的便是一碗汤面了。一定要用几次箩后的又细又白的精白面，这样的面用水和好后，才能揉得光洁而又有韧性；配面的肉，则一定要用羊腿或猪肋条肉，肥瘦相宜，把肉切成蚯蚓头一样大小的肉丁，穿起来像串串珍珠，散开后如粒粒砾石。再准备好姜、大葱、茼蒿和瓜菜，并把它们切好备用；桂皮、花椒等调味品要碾成粉末，当然还要盐和豆豉。然后，用猛火将汤水烧开，蒸汽腾腾，此时挽起衣袖，调整好姿势和角度，俯身拉扯面胚疙瘩，逐渐地游离开扯，随着手来回上下交替，面如流星划空，似冰雹落地纷纷驳驳，飞入锅中。

笼上不见溅出的肉丁，而下到锅里的面不黏不糊。薄而不烂，味渗内而色在外，既像是春锦般的柔软，又如秋冻似的雪白。浓郁的香味随风扩散，处于下风口的行人，闻香而流出口水，童仆们不由自主空嚼牙齿，并偷眼眄视；端饭的仆人，不断用舌头舔着嘴唇。立在主人身后的仆人，更是干咽着口水！

一碗面条，居然把人馋成这样，真是不可思议。但我们也不能否认其他国家有很好吃的面条，比如意大利面就真心不错，奶酪、松露、海鲜，甚至墨鱼的墨汁，都是面条最好的搭配。

日本拉面仅有一百年左右的历史，却丰富到可以和中华拉面比肩，筋道的口感，或浓或鲜的汤底，加上改良的叉烧、溏心的鸡蛋、漂亮且鲜美的鱼卷、自带氨基酸的海带和香气浓郁的青葱、去腻的酸姜，那简直就是一曲交响乐，从口里直奔心窝，从胃里直达灵魂。

至于我大中华的面条，那简直是丰富多彩。

山西的刀削面、焖面、猫耳朵、饸饹、剔尖、拨鱼儿、栲栳栳、不烂子等；北京的炸酱面、龙须面；河北的劲面王、挂面、麻酱面、保定大慈阁素面；山东的福山拉面、打卤面、烤冷面；陕西的油泼面、岐山臊子面、杨凌蘸水面、武功镇旗花面、扯面、浆水面；河南的烩面、道口麻鸭面、糊涂面条、手工面叶、浆面条、炝锅面、卤面（俗称蒸面条）等；兰州的清汤牛肉面；安徽的板面、魏王面；内蒙古的焖面；吉林的冷面、狗肉汤面……

上海的阳春面、江苏的南京小煮面、东台鱼汤面、虾油面、鱼汤鳝丝面、南通跳面、镇江锅盖面、苏州苏式汤面等；浙江的杭州片儿川、葱油拌面、虾爆鳝面、面疙瘩、温州长寿面；湖北的武汉热干面、襄阳牛肉面；福建的福州线面、沙县拌面、莆田卤面、厦门沙茶面、漳州卤面、泉州面线糊、莆田妈祖面、尤溪大条面……

台湾的担仔面、牛肉面、花蛤仔面等；广东的广州馄饨面、竹升面；香港的捞面、车仔面、虾子面等；重庆的重庆小面；四川的担担面、豆花面、渣渣面（羊马）、清汤面（邛崃）、燃面（宜宾）、一根面（黄龙溪）、铺盖面、麻哥面（武胜）；贵州的豆花面、肠旺面……

各地的面各有风味，只有合不合你口味的问题，没有好不好吃的标准，适合你的就是好的！

为什么过生日要吃面？宋人马永卿在《懒真子》中说："必食汤饼者，则世俗所谓'长命'面也。"为什么面条能作为人长命百岁的象征？因为面的形状又长又瘦，谐音"长寿"，面条也就成为讨口彩的最佳食品。但这一习俗，也仅存于民间。

史载南宋度宗皇帝一次过生日，各种吃食自然丰富得很，翻看主食菜单，只见米饭、胡饼、馒头、水饭、莲花肉饼，不见有寿面。慈禧太后是最喜欢过生日的，也不见有吃寿面的，倒是寿桃从来不曾缺席。

汪朗老师为此推测了一番，原因是吃面条得人等面，不能面等人，皇宫吃饭讲究得很，礼节也繁琐，一旦传谕用膳，一百多样饭菜就得一起上桌，所以，所有饭菜都得先做好，而面条是经不起如此这般折腾的，故与御膳无缘。

至于方便面，那是二战结束以后日本人发明的。二战后日本缺粮，美国运来大量的面粉。日本人以米饭为主，只能在唐人街学来拉面做法，但这毕竟费时，对战败后百废待兴的日本来说，能吃饱就可以了，因此有了方便面。几块钱一碗的方便面，就不要讲筋不筋道了，至于什么牛肉面、老坛酸菜面，那是骗你没商量，方便又能顶肚子就是啦！

有人考证出方便面的祖宗是清朝时的伊面，伊面既可以汤煮，亦可作干炒，由清乾隆进士伊秉绶家厨所创。伊府面的特色在于它不用水和面，全用鸡蛋液和面，经沸水煮后用冷水冲凉、烘干，再用油炸，令其变半成品。因制法独特，可适合不同煮法。这么奢侈的面，与方便面根本不搭干！

我去山西旅游，问导游当地有什么好吃的，他说面好吃。我直摇头。这相当于你到广州，问我有什么好吃的，我告诉你饭好吃。再好吃的面，也只是主食，中华美食的精彩，面条还只能擦个边。

# 4. 蚂蚁上树

　　被誉为"中国最后一个纯粹的文人"的大美食家汪曾祺，在《食豆饮水斋闲笔》中说了这么一个故事："蚂蚁上树"原是四川菜，肉末炒粉丝。有一个剧团的伙食办得不好，演员意见很大，剧团的团长为了关心群众生活，深入食堂去亲自考察，看到菜牌上写的菜名有"蚂蚁上树"，说："啊哎，伙食是有问题，蚂蚁怎么可以吃呢？"这样的人怎么可以当团长呢？

"蚂蚁上树"这道菜，人尽皆知，团长远离人间烟火，不知道这菜就是肉末炒粉丝，闹出了笑话。不过，远离人间烟火的领导多了去了，不让他们当领导，让他们当普通员工，更容易把事情办砸！

　　食物匮乏年代，美食是每个人的梦想，总有人给它们起一个好听的名字，还真不是容易弄明白的。白切鸡叫"丹凤朝阳"，白焯墨鱼片叫"花枝招展"，汤丸糖水叫"财源滚滚"，如猜谜语般。给肉末炒米粉起名"蚂蚁上树"的，跟关汉卿写的名剧《窦娥冤》有关。

　　窦娥从小死了母亲，父亲上京赶考，将她卖给蔡婆家做童养媳。可到蔡家没两年，丈夫就生病死了，只剩下窦娥和蔡婆两人相依为命。一日，蔡婆生病，没有胃口，窦娥去肉档赊来一小块肉，肉太少了，切片的话只有可怜的几片，窦娥将肉剁成肉末，和粉丝一炒，给蔡婆吃。蔡婆老眼昏花，见粉丝上面的肉末，以为是蚂蚁，经窦娥解释一番，再亲自品尝，蔡婆表示很满意，就给这个菜起名"蚂蚁上树"。

　　这个情节有没有出现在关汉卿的戏剧版本里，我没考证，不过后面的情节倒是真的：当地有个流氓叫张驴儿企图霸占窦娥，但蔡婆碍事，便想毒死蔡婆，不料误杀了自己父亲。张驴儿便诬告蔡婆杀人，官府背地里被张驴儿用钱买通，严刑逼供，窦娥为救蔡婆自认杀人，被判斩刑。窦娥在临刑之时指天为誓，死后要血溅白练、六月飞雪、大旱三年，以明冤屈。窦娥死后誓言——应验，所有人都相信窦娥的冤屈，后来冤案得到昭雪，帮她平反的是高中状元的父亲。

　　窦娥的冤情很简单，有个状元爸爸，破这个案不难。"蚂蚁上树"这道菜貌似很简单，做好却不容易。做这个菜有几个步骤：第一，先要泡发粉丝；第二，炒锅下油烧热，下姜末、蒜末炒香；第三，下豆瓣酱和猪肉末炒香，加入生抽、老抽炒匀；第四，加入粉丝和一小碗高汤或清水转入煲内，煲至汤汁快收干，或者加入粉丝在锅中翻炒；第五，再加盐、葱、鸡精调味即可。貌似简单的五步，却容易弄出一团粉丝球或粘锅，有时还入不了味。这是为什么呢？情况有点复杂，我们一一拆解。

问题一，粉丝用热水泡还是用冷水泡？粉丝品种繁多，有绿豆粉丝、豌豆粉丝、蚕豆粉丝、魔芋粉丝、红薯粉丝、甘薯粉丝、土豆粉丝等。有的地方把豆类粉丝叫粉丝，把淀粉类粉丝叫米粉，以示区别，这是一种地方习惯。粉丝和粉条的区别倒是十分明显，标准是凡直径大于 0.7 毫米的为丝条，小的为粉丝。

粉条或粉丝主要成分都是淀粉，好的粉丝要求做成菜后干爽不粘连，这就要求做粉丝的原料中直链淀粉多、支链淀粉少，符合这一要求的，比如绿豆、不好吃的大米等。做粉丝的米丝，烹饪前要先泡发，热水泡发速度快，但缺点是里外泡发不均匀，当里面一层泡发好时，外表层粉丝已经糊化，一炒就容易糊成一团或折断，所以，还是要用冷水泡发。

问题二，如何让粉丝均匀入味？粉丝其实是熟了的，泡发好的粉丝，翻炒时间长则容易糊，时间不够又不入味，或者入味不均。解决办法，一是快速翻炒，这要手上功夫够灵巧；二是用盐和酱油先给粉丝调味，爆炒时就别再加盐和酱油了，这样炒起来从容很多。

问题三，可以下一些配菜或辣椒吗？当然可以！加一些洋葱、胡萝卜、圆白菜、辣椒什么的，既让这个菜品五彩斑斓，赏心悦目，让吃的人胃口大开，也让营养更加均衡——肉末提供蛋白质，粉丝提供淀粉，还有青菜，相当完美！当然，窦娥当年做的"蚂蚁上树"没这么丰富，那时候辣椒都还没传入中国呢！这个菜虽然是川菜，但完全可以根据自己的爱好调整酱料，比如把豆瓣酱换成蚝油，那就是"广式蚂蚁上树"，用沙茶酱换豆瓣酱，就是"潮式蚂蚁上树"。

问题四，市场上的粉丝安全吗？市场上的粉丝，有的白得透亮，有的灰褐阴暗，这是什么原因呢？红薯经打浆分离沉淀得到的淀粉，通常叫毛粉。毛粉含杂质、酚类物质，色素多，呈灰白色，其中的酚类物质极易氧化褐变，制成粉丝后就发黑，为了让卖相更好，加入适量的薯类淀粉脱色剂，就可解决问题；为解决粉条黏结而导致的并条多、开条难的现象，厂家会加入开粉剂；做粉丝时粉丝下锅浑汤、断条、无筋力，这可加入海藻酸钠琼脂或魔芋精粉来解决；做粉丝，出粉时未熟透，出粉后未冷透就晒，晒得过干或长期堆置不包装，都会导致粉丝酥脆，造成在储运过程中的损失，那么和面时按干淀粉重量的 0.1% 加入焦磷酸钠，就可以保持水分，这样就不容易折断……这些添加剂都是国家标准允许的，不会对人体构成危害，可以放心食用。

需要注意的倒是传统粉丝在加工制作过程中添加了明矾，明矾即硫酸铝钾，摄入过量的硫酸铝钾，会影响脑细胞的功能，从而影响和干扰人的意识和记忆，造成老年痴呆症。明矾还可引起胆汁郁积性肝病，导致骨骼软化，还可引起卵巢萎缩等病症。这是被禁止添加的，大家购买时认准大品牌，小作坊就要弄清来源了。

"蚂蚁上树"的事情基本上就是这样，不知有没讲清楚。一道平民美食，简单得很，也可以讲究得很，把普通美食做好了，也是精致生活的一部分！

# 5. 趣说月饼

又到中秋，物流发达的年代，让我们可以轻易见识到各地有特色的月饼。中国有多少种月饼？据说有近百种之多，但比较集中的还是广式、苏式、京式、潮式、滇式等五大流派。

广式月饼皮薄馅多，糖重油轻，不易破碎，便于携带，品类丰富。著名品种有五仁、莲蓉、枣泥、豆沙、火腿、蛋黄、叉烧等，咸中带甜，别具特色；苏式月饼以水晶百果、清水玫瑰、猪油豆沙为基本馅料，特点是色泽金黄油润，酥皮层次分明，甜而爽口，饼体小巧精致，带有浓郁的果味清香；潮式月饼，盛行于广东潮汕地区，外形接近苏式月饼，用料却略似广式月饼，兼取二者之长。传统的潮式月饼馅心采用猪油肥膘、芝麻、葱油、瓜子仁、冬瓜条等为原料，饼皮酥润，馅心肥软，带有浓郁的葱香味。现在也向广式月饼靠拢，广泛用莲蓉、芋泥、红豆沙、绿豆沙，可惜也是太甜了；京式月饼流行于京津北方一带，外形精美，皮薄酥软，有提浆、翻毛、自来白、自来红等品种。传统京式月饼以藤萝花和山楂馅最具特色，重用麻油，口感脆松，口味清甜芬芳；滇式月饼，在云南方言中称为"酡"，其代表品种有鲜花、白糯米、麻仁、细沙、火腿等，甜润香肥，滋味多样。其中，云腿月饼和鲜花月饼是最具代表性品种。

不论是何种流派，不外乎是面皮和馅料的组合。而面皮的差异，无非是油的参与多与寡。面粉里有小麦蛋白，平时结构稳定，也不溶于水，但当面粉和水调成面团时，蛋白分子结构外形发生改变，蛋白两端的含硫氨基酸互相联结在一起，构成牢固的双硫键，这些螺旋状蛋白质交织成一片绵延的网络，这就是面筋。

面筋具有可塑性，那是因为小麦谷胶蛋白结构密实，像球珠轴承，让小麦谷蛋白得以任意交错滑动。联结在一起，具有可塑性，这就可以任意摆布，想做什么形状的月饼都可以。只是加水和酵母，这样的面皮密实、柔滑，面团里的蛋白与淀粉之间含有无数纤细的气泡。广式、京式月饼就是这样！而如果往里面加油，面皮里的蛋白与淀粉团之间夹杂着好几百片细薄的脂肪层，一经烘烤，就是酥皮。潮式、苏式、滇式月饼就是这样。

馅料的构成也很是复杂。把豆子或莲子、芋头蒸熟碾碎，这是对它们分子与分子连接方式的重构，各种果仁、肉的组合，让它们互相粘连很不容易，其中都少不了糖的参与。尽管面皮也可以把松散的馅料包起来，但前提是面皮要够厚，比如包子。

月饼要求皮薄，馅料如果连接不紧密，面皮的黏性不足以抵抗馅料的张力，就变成一盘散沙。所以，负责让馅料粘连的糖还要足够多，这就是现在的月饼难以做到少糖的技术难题。糖还是天然的防腐剂，足够多的糖让月饼更容易保存。

多油多糖是月饼的共性，在物质匮乏年代，这是营养，放到现在，就是不健康的食品，所以不能多吃。我喜欢的容月很好地解决了这一问题！柴火煮豆，柴火的香气进入豆味中，满满的人间烟火气息；人工炒豆，极细腻的手工造就了极细腻的豆蓉，足够小的分子结构，也让淀粉和蛋白分子们更容易连接在一起，从而可以减少用糖；选用特别的豆子，而且保留了豆皮。豆子的香味主要存在于豆皮，而豆皮也带有单宁，这也会带来涩的口感，容月选用了单宁少的豆子，既有豆味，又更润滑。

中秋吃月饼，这一习俗究竟是什么时候开始的，很有争议。"饼"，在古代指所有面食的通称，汤面就叫汤饼；而烤制的饼，汉代时叫胡饼，张骞出使西域时带来的，平时就吃，与中秋无关。

北魏贾思勰在《齐民要术》中详细记载了各种饼食的制作方法，其中谈到"髓饼法"时说："以髓脂、蜜合和面，厚四五分，广六七寸，便著胡饼炉中，令熟。勿令反覆，饼肥美，可经久。"这与现在的月饼有点像，只是没有馅料，也与中秋节无关。有人引用苏东坡的诗句"小饼如嚼月，中有酥与饴"，据此证明宋代就有月饼，名"小饼"，这完全没有依据，因为苏东坡这首诗作于元符三年（1100年），诗名为《留别廉守》，不是中秋应景之作，也与中秋无关，如果那时中秋节就吃月饼，估计"但愿人长久，千里共婵娟"就要变成"千里共月饼了"。

月饼的最早记载，出自南宋吴自牧记录当时临安风貌的《梦粱录》，其中卷十六"荤素从食店"中记载，当时的"蒸作面行"出售芙蓉饼、菊花饼、月饼、梅花饼、开炉饼等。但此书卷四有中秋节的记载，未见有吃月饼的习俗，这说明宋朝时的月饼，只是因为形状像月而得名，还未列入中秋节的吃食名单中。

中秋吃月饼这一习俗，应该是明朝时才形成的。明朝万历、天启年间太监刘若愚在回顾当初宫中事的《酌中志》中这样写道："八月，宫中赏秋海棠、玉簪花。自初一日起，即有卖月饼者，加以西瓜、藕，互相馈送。西苑鹿藕。至十五日，家家供月饼、瓜果，候月上焚香后，即大肆饮啖，多竟夜始散席者。如有剩月饼，仍整收于干燥风凉之处，至岁暮合家分用之，曰团圆饼也。"这种月饼，居然可以留到"岁暮"，就是年底，估计是硬得可以砸死狗的，那时没有防腐剂，也没有冰箱，只有水分少的干东西才可保存啊！

"大吃货"袁枚在《随园食单》里记载了两款月饼，刘方伯月饼，"用山东飞面，作酥为皮，中用松仁、核桃仁、瓜子仁为细末，微加冰糖和猪油作馅，食之不觉甚甜，而香松柔腻，迥异寻常"。此中"飞面"即精面粉，用了三种仁，是现在五仁月饼的祖宗，"微加冰糖""不觉甚甜"，当时就可以做出少糖的月饼，不得了！

记录的另一款为花边月饼："用飞面拌生猪油子团百搦，才用枣肉嵌入为馅，裁如碗大，以手搦其四边菱花样。用火盆两个，上下覆而炙之"，这是酥皮枣泥月饼。袁枚说"其工夫全在搦中，愈多愈妙"，这是做酥皮饼的关键，揉搓要够功夫。袁枚还发现了一个秘密："枣不去皮，取其鲜也。"枣皮与豆子皮一样，味道足但单宁多，去掉皮可使枣肉更细腻且不涩，但枣味会不足，留下枣皮，枣味够浓，但就要捣得够细。容月也留豆子皮，莫非得到了袁枚的真传？

# 6. 杭州聚乐饭店的白鱼

说到成都廊桥的翘嘴鱼，不由得让我想起杭州聚乐饭店的白条鱼，是的，翘嘴鱼在浙江，就叫白条鱼，其实，它应该叫白鱼。

这家开在青年路的一个小巷里的餐馆，是广州美食"活地图"闫涛老师发动杭州食神眉毛老师给我指路才找到的、受到陈晓卿老师肯定的小餐厅。没有明显的标志，大厅只能摆下五个小桌，房间也就几个。订位迟了，只能坐大厅。点菜嘛，连菜牌都没有，当然不会明码实价，直接进厨房点，看到什么叫什么。

那天好运气，刚好有一条十斤左右的钱塘江白鱼，还剩一份鱼尾。十斤左右的白鱼，没有五六年是不可能长成这样的，这得吃掉几百斤小河虾，能不鲜美？一份尾巴有一斤半重，红烧后把白鱼的细腻和清香完美表达。因为我是进厨房点的菜，有幸看到了未烹制的白鱼，那银白色的鱼鳞分明就写着"新鲜"两个字，一筷子白鱼肉下肚，河鲜的甜、白鱼特有的香，交替混合，如同《水浒传》里的浪里白条张顺在江里翻滚，原来世间还有此等美味！

白鱼因发白光，身呈条形而得名。白鱼"发白光"的原因与下面三个因素有关：一是天气；二是水；三是鱼鳞。白鱼在水里游，游着游着，鱼翻了个身，或者飞跃，恰好被太阳照着了，那本来银白色的鱼鳞就银光闪闪了，加上水的清澈，这就是那一团白光。

141

　　李时珍在《本草纲目》中说白鱼"鲌形窄，腹扁，鳞细，头尾俱向上，肉中有细刺。武王白鱼入舟即此"。看来，明代的时候它还写成"鲌"鱼，读bó，解释为："鱼类的一属，身体延长，侧扁，为淡水经济鱼类之一。常见的有'翘嘴红鲌''短尾鲌'等。"这说的是翘嘴鱼，与李时珍说的白鱼就是一回事。

　　中国幅员辽阔，各地对同一种鱼有不同的叫法，同一个字在不同时期又指不同的鱼，着实让人常常摸不着头脑。有人还论证"白鱼"与"白条鱼"不是一回事，这也不奇怪，不同地方有不同的叫法，理由就是这么简单。

　　白鱼以小鱼小虾为食物，富含蛋白质，活动能力极强，这就是它美味的来源，有多好吃呢？唐朝末年的段成式在笔记小说

《酉阳杂俎》中说了个故事："何胤侈于味，食必方丈。后稍欲去其甚者，犹食白鱼。"

何胤是南朝时梁朝的文学家，以注《周易》《礼记》《毛诗》而出名，当过建安太守，还当过中书郎、员外散骑常侍、太尉从事中郎、司徒右长史、给事黄门侍郎、太子中庶子、领国子博士、丹阳邑中正，为官名声甚好，文学甚是了得。与同时代的周颙不同，周颙是韭菜白菜就可以了，他是"侈于味"，在吃吃喝喝方面很是讲究，每餐饭菜都摆一大桌，"食必方丈"。要归隐了，节约一下，各方面能节省都节省，就是不能少了白鱼，看来是白鱼的狂热爱好者。何胤归隐的东山、秦望山，都在江浙一带，白鱼也算是那一时期这一带难得的美食了。

聚乐餐厅以搜寻好食材、简单烹饪为原则，除了白鱼，那天还吃到了野鸭汤，很是清甜。野生甲鱼已经很久没尝到了，聚乐餐厅倒是常见，浓郁稠密的胶原蛋白，几乎把嘴巴粘住，用金华火腿一起炖而激发出的浓香，简直让味觉麻醉；带籽的河虾，只有拳头大的土猪肚，蒸臭豆腐，炒边笋，都非常美味。

热情的老板坐在我们旁边，一杯红酒一碟毛豆陪我们聊天，聊聊他对食材的坚守，三十多年的坚持，他只信一个道理：好味道来自好食材。问他为何不扩张，他说没办法，好食材就这么多，扩大了供应不上。聊到合拍处，老板又把我们还没吃完的河虾拿回厨房，自己亲手做了一个醒酒汤，又送上自己吃的萧山杨梅。其实，聚乐餐厅的服务也就是大排档式，老板主厨，老板娘主前台，现在生意好了，多请几个帮手而已，那天是临近收市，老板有空，心情好，服务也有了人情味，换作别的时间段，忙不过来，也就不可能有这种闲聊的小情趣了！

# 7. 马鲛，春天的使者

　　江南渔哥的蔡哥，对食材颇有研究，有一次聚会，说起当季食材，大家不约而同地讲起了马鲛鱼。蔡哥是宁波人，在宁波，马鲛鱼的名字叫"串乌"。

　　马鲛，分布于北太平洋西部和西大西洋水域，中国产于东海、黄海和渤海。大西洋马鲛则多产于加拿大及美国的马萨诸塞州，巴西的圣保罗、大西洋的中东部也可见到它们的身影。生活在海洋中上层的马鲛鱼，它们的体背色深，多为蓝黑色、深蓝色或深青色，而腹部色淡，为银白色、白色或淡黄白色，这种颜色称为消灭色。

　　如果从上往下看，由于鱼体背部在自然光下与海水的颜色相一致，所以虽离鱼很近，也不易辨别。从鱼体的下面向上看，鱼类的腹部和水面的颜色以及天空的颜色很相似，难以区分。这种保护色，可以很好地隐蔽自己，或者迷惑敌人、猎物，以保护自己或偷袭猎物。

　　马鲛鱼成群结队，在海里可以保护自己，却容易被人一网打尽。海南文昌，浙江象山，渤海地区，都是马鲛鱼的高产区。但这三个产区的鱼汛不会同时出现，原因是马鲛鱼是洄游鱼种。

　　一般鱼类洄游有三个原因：产卵洄游（生殖）、索饵洄游（觅食）和越冬洄游（季节）。马鲛鱼洄游有两汛，4~6月为春汛，7~10月为秋汛，春汛为回中国近海产卵洄游，秋汛为跟随食物及追随暖流的索饵和越冬洄游。

在我国的北方，马鲛被称为鲅鱼。"鲅鱼跳，丈人笑"，山东等地形成了给老泰山送整条鲅鱼的传统。而在海南文昌铺前海域，有着南方最好的蓝点马鲛，当地称为黑鱼。《西京杂记》中记载："蔚陀献高祖鲛鱼，高祖乐之。"海南铺前陈氏先祖明公，万历年间迁于崖州，任直属五品，独好马鲛鱼，时称"黑鱼祖"，曾以秘制马鲛鱼献于万历帝，神宗大悦，封为贡品。

台湾将马鲛鱼称为土魠（tuō）。中国台湾出版的《鱼类海鲜图鉴》中介绍了原因，因为清朝统一中国台湾的功臣福建提督施琅很爱这鱼，所以就叫"提督鱼"。闽南语中"提督"与土魠音相近，故变成土魠。

而在日本，居然叫马鲛为出世鱼，是不是来自儒家的出世与入世？没有考证不敢胡说，日本直接把马鲛鱼写为"鰆"，春天的鱼是也！宁波人把马鲛鱼称为"串乌"，这是"鰆鯃"的易写版，其中"鰆"的叫法日本人还用，而"鯃"者，乌黑也，海南人还保留"黑鱼"的叫法。

日本人对捕到的马鲛先放血再冷藏，倒是非常有利于保鲜。马鲛出水很快就死了，丰富的蛋白质和脂肪必定带有丰富的蛋白酶，蛋白酶对蛋白质进行分解，使肌肉组织出现轻度水解，这种自溶反应，容易导致马鲛鱼易一切，如果刀不够快，肉就好像有点烂。如果没能阻止自溶反应，蛋白酶进一步把氨基酸分解为胺，鱼就发臭了。而放血和冷藏，都有利于阻止自溶反应向腐烂发展。

马鲛鱼富含组氨酸，当贮存温度偏高且时间过长，鱼体不新鲜时，在含脱羧酶细菌的作用下，能使肉中的组氨酸脱氨基形成组胺，当每百克鱼肉中的组胺含量超过 50 毫克时，食用可发生中毒，表现为脸红、头晕、头痛、心跳加快、脉快，胸闷和呼吸促迫，血压下降，个别患者还会出现哮喘。

高组胺中毒一般不会有生命危险，如果食用时间短，通过催吐、导泻，排出体内毒物，再配合使用抗组胺药，如苯海拉明、扑尔敏等，或静脉注射 10% 葡萄糖酸钙，同时口服维 C 等，就可缓解。所以，吃马鲛鱼一定要新鲜，不新鲜的一定不要吃。有人说隔夜马鲛鱼不能吃，这是不对的：马鲛鱼出水即死，只能吃冰鲜的，我们吃到的马鲛鱼，不知隔了多少个夜！正确的说法是，不新鲜的马鲛鱼不能吃。

哪里的马鲛鱼好吃？说起这个话题，山东人、浙江人、海南人、福建人互不服气，都坚称自己地方的马鲛鱼好吃。其实，马鲛鱼全球共有 18 种，在我国和日本都可以找到其中 5 种的足迹：蓝点马鲛鱼（鰆）、康氏马鲛鱼（横纹鰆）、中华马鲛鱼（牛鰆）、斑点马鲛鱼（台湾鰆）、朝鲜马鲛鱼（平鰆）。在这五种马鲛鱼中，公认蓝点马鲛鱼口感和味道最佳，宁波象山是蓝点马鲛的产卵地，这个地方的"串乌"确实略胜一筹！

各地对马鲛鱼的做法大不同，海南人喜欢香煎，潮汕人拿来做鱼丸或直接煮鱼粥，鲜美无比。阳江人用盐腌一夜，然后或煎或蒸，称为"一夜情"。山东人居然用来做成饺子。在日本，做成刺身或稍加腌渍后握成寿司都清鲜可口，有着大型鲹科鱼的丰润与回甘；马鲛鱼的鱼皮柔软而鲜美，稍经炙烤后，鱼皮微焦，鱼肉呈现出通透的橙色，油脂缓缓溢出更添鲜香；口感总体偏清淡的马鲛鱼，适合多种烹饪方式，无论是"塩烤（盐烤）""霜造り（霜造）""煮付け（煮熟）"抑或是"西京焼き（西京烧）"都很出彩。这些做法都好吃，前提是要新鲜。

有一首咏马鲛鱼的诗，甚美：

> 春事刚临社日，
> 杨花飞送鲛鱼。
> 但莫过时而食，
> 宁轩未解芳胰。

诗出自清代全祖望，字绍衣，号谢山，浙江人，清代浙东学派的重要代表人物，著名的史学家、文学家，博学才俊。看来全祖望也是懂吃的，知道春天是吃马鲛鱼的季节。

# 8. 鳜鱼，贵在哪？

　　江南渔哥蔡哥和嘉文大谈北江河鲜之美，让我们口水直流，于是，与蔡昊老师、闫涛老师结伴，也到北江寻鲜。收获还真不小：一条一斤多的野生鲮鱼，野生的鳗鱼、鲤鱼、大头鱼，这些在广州的江南渔哥很快就可以吃到了。让我们惊讶的是，居然吃到了四斤多一条的北江野生鳜鱼，连渔民都说几年没见过，鲜得清爽，香得浓烈，脆得弹牙，真是淡水鱼中的极品。

　　鳜鱼，是鮨科、鳜属，淡水生活的鱼类，喜欢栖息于江河、湖泊、水库等水草茂盛较洁净的水体中，白天一般潜伏于水底，夜间四处活动觅食。为肉食性鱼类，性凶猛，终生以鱼类和其他水生动物为食。分布于中国、俄罗斯、朝鲜、韩国、日本。在中国除青藏高原外，分布于全国各水系。

## 为什么叫鳜鱼？

　　鳜（guì）鱼，又名鳜花鱼、季花鱼、桂花鱼、桂鱼、鳟鱼。这么多叫法，都是缘于字太难写，用同音字代替。但是，这个"鳜"字，原来已经是经过处理的，它原来的写法，更是让人云里雾里。

　　鳜鱼在南宋吴自枚的《梦粱录》中被称为鳟鱼。据汪曾祺先生引述明代中期文学家、书画家、戏曲家、军事家徐渭所述并考证，"鳟"是从"罽"而来，罽是古代的花毯，"罽锦"丽且坚，古人把鳜鱼身上拇指大的黄黑圆斑，形象地比喻为罽锦，并称它为"鳜鱼"。由于"鳜"字难写，后就改成"鳜"。

李时珍在《本草纲目》中则通过对鳜鱼的形态描述来解释其名："鳜，蹶也，其体不能屈，曲如僵，鳜也。"鳜鱼高耸的背部，厚实的体魄，做不到能屈能伸。"蹶"字从足，从厥，"厥"意为"憋气休克"。"足"与"厥"合起来表示"跌倒休克"。《说文》释"蹶"为"僵"，一蹶不振，就是从"跌倒"引申为"失败"。作为鱼，那就去"足"改"鱼"，"鳜"有"jué"和"guì"两个发音，大家都选 guì 这个发音，于是有了桂鱼、桂花鱼这个写法，反而与"蹶"的关系因发音不同而被遗忘。

## 鳜鱼，为什么贵?

淡水鱼也有贵的，比如鲥鱼、刀鱼，那是"物以稀为贵"，但鳜鱼却不稀有，养殖的一斤也要几十元，野生的则要翻倍，相比其他淡水鱼，鳜鱼确实是贵鱼。那么，不稀缺的鳜鱼，为什么贵呢?

鳜鱼之所以贵，因肉多刺少。鳜鱼肉质洁白，肥厚鲜美，呈蒜瓣状，极其细嫩，更重要的是，几乎没有肌间刺。李时珍在《本草纲目》中就说"鳜生江湖中，扁形阔腹，大口细鳞，有黑斑……厚皮紧肉，肉中无细刺……"淡水鱼多数有肌间刺，这是它们保护自己物种生存下来的手段。因为生活在淡水中，太容易被捕捞猎杀了，长得满身是刺，让天敌不喜欢，物种才能保留下来。

但鳜鱼不需要肌间刺来自我保护，因为它有更厉害的武器——鳜鱼的鳍刺均有毒腺分布，若被刺伤后肿痛甚烈，且会发热畏寒。鳜鱼的这种毒素遇热分解，所以，经过加热，可以放心食用，万一杀鱼时被鳜鱼鳍刺到，把手泡到热水中，也就很快可以止痛了，当然，水不能太烫，否则烫伤起泡，更疼。

鳜鱼之所以贵，因美味营养。鳜鱼被誉为"淡水石斑鱼"，不仅仅是有着石斑鱼一样的斑点斑块不规则地遍布于体侧，还因为味道鲜美，口感脆弹如深海石斑鱼。

鳜属的品种十分丰富，最常见的就是翘嘴鳜和大眼鳜，此外还有斑鳜、朱氏鳜、广西鳜、钱氏鳜等。翘嘴鳜是最常见的鳜鱼品种，其眼睛相对较小，上颌骨伸达眼后缘之后的下方。翘嘴鳜的生长速度和个体是鳜鱼中的佼佼者，常见的有 2~2.5 公斤重，据说最大个的体重可达 50 公斤，但是在我国，10 斤左右的野生鳜鱼已是相当罕见了。翘嘴鳜分布很广，南至广东，北至黑龙江，几乎所有的江河湖川都有它的身影，而以长江中下游水域为多。

大眼鳜因眼大而得名，上颌骨仅伸达眼后缘之前的下方。大眼鳜的生长速度比翘嘴鳜更慢，个体也较小，最大个体只有 2 公斤，多分布于长江流域或淮河中、下游各地。

鳜鱼是一种凶猛肉食性鱼类，常以其他鱼类为食，幼鱼喜食鱼虾，成鱼以吃鱼类为主。吃得肉多了，长得胖，得名胖鳜，而且蛋白质和氨基酸含量极高，风味物质丰富。鳜鱼的吃相相当优雅，吞下鱼、虾以后，会吐出鱼刺和虾壳，只把肉留在腹中。鳜鱼肉质非常细嫩，对儿童、老人及体弱、脾胃消化功能不佳的人来说，易消化。鳜鱼肉的热量不高，对于馋嘴又怕胖的女士来说，还是个不错的选择。

鳜鱼之所以贵，还在于养殖成本高。鳜鱼养殖只在少数养殖场能成功，技术要求苛刻，而且成活率低。鳜鱼养殖必须要有干净卫生的水源，有宽阔的水域，水要循环流动，池底腐质物必须及时清理掉。一亩鳜鱼养殖池，必须配备 2 亩饵料鱼池，养小鱼小虾供鳜鱼食用，人工驯化投喂饲料驯化率只有 50%，还有约一大半鳜鱼必须投喂活鱼虾，羊毛出在羊身上，这样养鱼，不贵才怪。养殖鱼都贵，野生的就更不在话下了。

**鳜鱼，什么时候最好吃？**

唐代诗人，神童，协助唐肃宗平定安史之乱的张志和，曾写下名篇《渔歌子》：

> 西塞山前白鹭飞，
> 桃花流水鳜鱼肥。
> 青箬笠，绿蓑衣，
> 斜风细雨不须归。

一句"桃花流水鳜鱼肥"，回答了鳜鱼什么时候好吃的问题：江南农历三月，桃花盛开时节，在水流湍急的地方，满足这两个条件的鳜鱼最好吃。

张志和是浙江金华人，三岁就能读书，六岁作文章，十六岁明经及第，人生的顶峰是协助唐肃宗李亨平定安史之乱，官至左金吾卫大将军，享受三品官员待遇。后有感于宦海风波和人生无常，在母亲和妻子相继故去的情况下，弃官弃家，浪迹江湖。唐肃宗赐给他奴、婢各一，称"渔童"和"樵青"，张志和偕婢隐居于太湖流域的东西苕溪与霅溪一带，扁舟垂纶，浮三江，泛五湖，渔樵为乐，西塞山就位于浙江湖州。

鳜鱼总与桃花携手而至，桃花盛开的季节，各地气候各异，时序也不相同，所以刘禹锡说"人间四月芳菲尽，山寺桃花始盛开"，长三角农历三月桃花盛开，到了珠江流域，农历一月就是桃花季了。

鳜鱼生活的适宜水温为 15~32 摄氏度，水温低于 15 摄氏度，鳜鱼不进食；桃花盛开时，水温也上来了，鳜鱼开始大吃大喝，为接下来的繁殖季积蓄能量，因此肥美无比。流水急湍，带来丰富的营养物，鱼虾聚集，那是鳜鱼的盛宴，同时，流水也让鳜鱼必须勤奋游动，肉质因此更加紧致，这些就是鳜鱼此时此刻好吃的原因。

### 鳜鱼，有几种死法?

肥美的鳜鱼，历来广受欢迎，各地也创造了不同的烹饪鳜鱼的方法，鳜鱼的死法也就多种多样。最显盛名的莫过于松鼠鳜鱼，这是江苏十大名菜之一。松鼠鳜鱼形状似松鼠，外脆里嫩，酸甜可口，有形有色，其做法在清代的《调鼎集》中便有记载："取鲈鱼，肚皮去骨，拖蛋黄，炸黄，作松鼠式，油、酱油烧。"广州酒家的松鼠鳜鱼在此基础上改良，造型更加逼真，口味酸甜，撒上油炸过的松子，更加可口。这是一道功夫菜，在家做的话难度大了些，需要开花刀、腌制、拍粉、油淋、浇汁一气呵成。

　　徽菜的臭鳜鱼，也名声在外，以闻起来臭，吃起来香而著称。臭鳜鱼的制法在《太平广记》中有详细记载：将新鲜鳜鱼用木桶加淡盐水腌渍，以青石压住，经六七天发酵，便可产生似臭非臭的气味。其原理是利用鳜鱼身上的蛋白酶和外部环境的微生物，将鱼肉中丰富的蛋白质分解成氨基酸，一部分氨基酸产生鲜味，一部分氨基酸进一步分解为有不良气味的胺类。通过煎炒烹炸，臭鳜鱼臭味飘散，鲜味犹存，鲜香入骨，只要能克服闻起来的那股臭味，你一定会喜欢。

　　"大吃货"袁枚在《随园食单》里提到一种吃法——油泡鳜鱼片："季鱼少骨，炒片最佳。炒者以片薄为贵。用秋油细郁后，用纤粉、蛋清搂之，入油锅炒，加作料炒之，油用素油。"袁枚所说的秋油，就是酱油，用酱油腌制鳜鱼片入味，淀粉、蛋清包住，这样鳜鱼加热后肌肉收缩，汁液不会跑出来，所以嫩滑有味。这道菜，难在对火候的把握，稍过火，鱼片就散架，二十多年前倒是在广卫路的四季火锅吃过，后来就再也没见过有人这样做了。

汪曾祺老先生也是鳜鱼的粉丝，他念念不忘的是干炸鳜鱼，在他的《鱼我所欲也》中写道："一九三八年，我在淮安吃过干炸鲑花鱼。活鳜鱼，重三斤，加花刀，在大油锅中炸熟，外皮酥脆，鱼肉白嫩，蘸花椒盐吃，极妙。"这个做法，同样出现在小说《关老爷》中，他写关老爷下乡"看青"的食单：热菜——叉烧野兔、黄焖小公狗肉、干炸活鲑花鱼，直接把他自己十八岁时的美食体验植入小说中。他还有更丰富的想象，小说《金冬心》，写到盐商程雪门宴请两淮盐务道铁保珊大人，奢靡的盐商家宴："鲑花鱼不用整条的，只取两块嘴后腮边眼下蒜瓣肉。"当然，腮边眼下肉好吃，不独鳜鱼。

对老广来说，清蒸鳜鱼，是对鳜鱼最大的尊重，吃到的是鳜鱼的原汁原味，但我更喜欢广州几家餐厅鳜鱼的不同烹饪手法：江南渔哥用鳜鱼头腩做腌笃鲜，竹笋的天门冬氨酸与鳜鱼和咸肉的谷氨酸协同作战，相乘效应把鲜味提高了几十倍；胡椒酸菜灼鳜鱼片，实实在在的鳜鱼肉，让人倍感温暖；新渝城的干烧鳜鱼，把鳜鱼的胶原蛋白分解成明胶，香糯得怀念一碗米饭，恨不得把汁都咽进肚子里；万绿山语的茶油烧鳜鱼，茶油的细腻与鳜鱼的细腻两者相遇，让人感觉在如此急促的年代，细腻是一种多么美妙的照顾。当然，这些店用的都是难得的野生鳜鱼。

# 9. 不寻常的鲟鱼

到好酒好蔡吃饭，上来两道与鲟鱼有关的菜：鲍鱼汁焗松茸鲟鱼筋、蛋冻鱼子酱。鲟鱼的脊索，韧中带脆，比木薯粉条更奇妙的口感，在鲍鱼汁和松茸的调拨下，鲜得有些调皮；凝冻的蛋白，硫化物的清香与鲜咸的鱼子酱配合，温润婉转，如很有涵养的小家碧玉。

鲟鱼是现存起源最早的脊椎动物之一，几乎与恐龙同一个辈分，鲟鱼体长，一般呈梭形，躯干部的横断面呈近五角形，分布于北半球9个自然分布区：太平洋东岸、北美五大湖地区、大西洋西北部、北美密西西比河流域和墨西哥湾、大西洋东北部、里海地区、西伯利亚及北冰洋流域、黑龙江和日本海、长江和珠江。

在我国境内野生的鲟鱼有7种，它们有分布于黑龙江、松花江、乌苏里江流域的史氏鲟、达氏鳇和库页岛鲟；分布于长江、金沙江流域的中华鲟、达氏鲟；分布于新疆伊宁等地水域中的裸腹鲟；分布于新疆额尔齐斯河、布伦托海、博斯腾湖的西伯利亚鲟。

由于过度捕捞和水利建设破坏了鲟鱼的生存环境，鲟鱼濒临灭绝，迄今为止，我国从国外引进了俄罗斯鲟、欧洲鳇、小体鲟、匙吻鲟等十几个品种，作为研究或者是人工养殖，浙江、福建、广东、广西、海南、四川，都有大型的鲟鱼养殖基地。

鲟鱼筋取自鲟鱼的脊骨，是鲟鱼的脊索，又叫龙筋。庞大的鲟鱼在水中的摆动，主要依靠龙筋的伸缩，所以龙筋有极强的韧性。民间有"鲨鱼翅，鲟鱼骨"的说法。国宴菜在传统的佛跳墙中加入鲟鱼筋，改良成"龙脆佛跳墙"。

一般来说，鲟鱼的体型越大，龙筋的品相越好，小号龙筋，取自40斤左右的西伯利亚鲟；中号龙筋，取自60斤以上俄罗斯鲟；大号龙筋，取自120斤以上的海博瑞鲟；特大号龙筋，取自300斤以上的达氏鳇或欧洲鳇。鲟鱼筋入菜，难在发制环节，鱼筋要煮二个小时，再在冷水中泡一个小时，把鱼筋泡开，方可入味。

鲟鱼的卵经过盐渍，就是著名的鱼子酱，与鹅肝、松露列为欧洲三大珍贵食材。鱼子酱最负盛名的产区是里海南北两岸的俄罗斯和伊朗，里海是世界上最大的内陆水域，也是鲟鱼的故乡，这里的海域蕴涵鲟鱼主食的特殊藻类，渔民在春秋两季捞捕雌鱼，取卵制作鱼子酱。俄罗斯渔猎鲟鱼的历史最早，12世纪时，俄罗斯鱼子酱已远近驰名，法国人吃鱼子酱那一套则是从伊朗皇帝那里学来的。

由于滥捕，鲟鱼资源急剧下降，人工养殖变成主要渠道，中国人的聪明和勤奋，在这方面派上了用场。攻克了鲟鱼的养殖技术后，我国成为鱼子酱的主要生产国，其产量占世界的70%，而且，品质还相当不错，从一开始法国人不认可，到汉莎航空公司采购鱼子酱用盲评，来自浙江的鱼子酱胜出而闻名。

现在，法国的大部分米其林餐厅用的鱼子酱，就是中国产的。中国的参与，将鱼子酱拉下神坛，到天猫去看看，大品牌的十年鲟鱼鱼子酱，10克也就100元左右，还包邮。稍微高档一点的餐厅，不上鱼子酱，好像就落后了，其实，摆在你面前的那点鱼子酱，也就几克，里面价值多少，你自己算算。

所谓的俄罗斯鱼子酱，听起来以为是产自俄罗斯的鱼子酱，其实就是在中国养殖的俄罗斯鲟鱼产的在中国制造的鱼子酱。这一点，好酒好蔡很厚道，连产品包装都呈现在客人面前，"四川雅安"清清楚楚，不忽悠，不故弄玄虚，让消费者明白消费，这是一个有追求餐厅的底线。

顺便说一句，大概在五年前，好酒好蔡就用潮汕的卤水鹅肝搭配鱼子酱，引来阵阵尖叫。不过，现在不少餐厅学习了他们这一个菜，他们干脆就不上了，改用冻蛋配鱼子酱。经常被模仿，从来未被超越，这是好酒好蔡的厉害之处！

欧洲人喜欢鱼子酱，一开始是从鲟鱼多卵，联想到生育能力强，能壮阳，在科学不发达的年代，以形补形，中外同源！

把鱼卵用盐腌制，这个想法我们老祖宗倒没去捣腾，只是《本草纲目》提到过，说鲟鱼"其肝主治疮疥，其肉补虚益气，浴血淋，其鼻肉作脯补虚下气，其籽如小豆，食之健美，杀腹内小虫"。这段记载中，鲟鱼子应该是新鲜的，当驱虫药用了。

鱼子酱用盐轻渍，淡淡的咸突显其鲜，这才是它的迷人之处，把它煮熟了吃，与其他鱼卵一样，确实没什么特别之处，所以古人很少在它上面折腾。相反，鲟鱼肉和鲟鱼筋，却早就被列为贡品。在古代，鲟鱼叫"鲟鳇鱼"，一开始叫"秦皇鱼"，特供给秦始皇的。秦始皇死了，别的皇帝也想吃，但秦始皇名声不好，就只能叫"鳇鱼"了。

据《吉林省志·民族志》载："鳇鱼是清朝宫廷必备的祭品，也是帝王后妃品尝及赏赐臣僚的珍品。鳇鱼数量很少，不易捕捞，渔户往往要耗费许多工日，方能捕到一两尾合乎贡品规格的鳇鱼。捕到后，要由'务户里达'命名造册，记录身长、胸围、花色等数据和特征，上报'打牲乌拉总管衙门'存档，然后将鱼送到利用江岸内凹或河区建成的与江水相通的'鳇鱼圈'里去饲养。迨至隆冬季节，破冰下网捞出鳇鱼，冻挺后用黄绫子裹好，装进特制的桃木小车，运送北京。

"选定起程日后，护送人员须提前三日沐浴更衣，食宿在衙署。出发时，车上插'贡'字小旗，路上每至驿站，更换镖丁，负责保护贡品不受损坏和押贡人员的安全。沿路府州厅县等地方官员在贡车经过时要有迎送仪式，有的还要捐赠钱物。"

从吉林送到北京，路途遥远，幸好是冬天，鱼是冰的，否则到了皇宫，就变成臭鱼了。这个"务户里达"是什么呢？《扶余县志》记载："乾隆年间，将松花江特产鳇鱼定为贡品后，锡伯人充当鱼差，分住在达户、双屯子、锡伯屯等地，归内务府直接管辖，管理者称'务户里达'。"

清朝从乾隆开始，将鲟鱼当成贡品，而且列为祭天祭祖必备的牺牲品。皇帝在祭天地、太庙、社稷、孔子等大祀时，都用鳇鱼，仪式也颇庄严繁缛，内中有一项是把大鳇鱼摆放在祭坛之前，皇帝手拈线香，脚踏鱼背，趋步前行，到祭桌案前往香炉里上香，然后再顺鱼背走下祭坛，行三拜九叩之礼。祭祀完毕，就将鳇鱼分给下属食用。一条鳇鱼，从吉林运到北京，再经这样一番折腾，估计味道也好不到哪去，不过，王公大臣贝勒们，看重的是皇恩浩荡，好不好吃不重要。

乾隆是鳇鱼的首粉，并规定由皇室独享。下令捕鳇、贡鳇之事由朝廷内务府直接管起来，专设"吉林打牲乌拉总管衙门"，下设"务户里达"。规定民间不准私捕鳇鱼，更不许吃鳇鱼，违者砍头。制订贡献鲟鳇及采捕定例，不得违抗。调遣南迁至京城一带的锡伯族人返回松花江中下游两岸居住，仍把持渔猎生产，充当务户里达头目和打牲丁。

进贡的立项，除大年除夕祭天祭祖和新皇继位大典必由打牲乌拉总管衙门负责各地按数量按规格进奉外，吉林将军必须每年在谷雨、立冬、万寿节（皇帝诞辰）时进贡鳇鱼及其他物产。万寿节贡白肚鳟鱼囊肉、鱼油炸鲟鳇鱼肉丁、烤干细鳞鱼肚囊肉和草根鱼、胖头鱼、鲤鱼、花鲫鱼鱼油；谷雨贡鲟鳇鱼十尾，其中超过一丈长的二尾，鳟鱼九尾，翘头白鱼、草根鱼、细鳞鱼、白鱼等共四百尾；立冬贡与谷雨贡同。每贡单先呈皇上御览，由皇上圈点批示，按批令数呈进。

如此严格规定，执行起来也不容易，据说有一次，乾隆去天坛祭祀，路过正阳门门外，见市场上出售的鳇鱼竟比贡品大出许多，回宫后即将乌拉总管索柱革职，并决定把捕贡鳇鱼一事交由吉林将军衙门负责。

物以稀为贵，乾隆当年极喜欢的鳇鱼，今天也进入百姓家，但还是被商家忽悠成高价之物。若想品尝，也并不难，花一百多元买盒鱼子酱，抹在苏打饼干上吃，味道不错！

# 10. 续说鲟鱼

高端餐饮上出现鱼子酱，已经是司空见惯的事。能够生产鱼子酱的野生鲟鳇鱼已近灭绝，人工养殖成为必由之路，国产鱼子酱，已经占了全世界产量的70%。聪明、勤劳的中国人，一旦掌握了鲟鱼养殖技术，就把鱼子酱拉下了神坛，花不多的价钱，让国人也尝到被欧洲人称为三大奢侈食材之首的鱼子酱，挺好！

说实在的，我对之前所吃到的鱼子酱，感觉也只是"不错"而已，有一点鲜味，但如酱料般的咸，我觉得它只适合当酱料，而不是食材，所以我戏称其为"欧洲鱼露"。

直到吃到AMUR（阿穆尔）鱼子酱，我一下子惊呆了：如坚果般的香味，夹杂着蛋黄般的奶香，有的仿佛还有荔枝香、松香……先是舌头被这种浓香包围，然后是在整个口腔里爆炸般扩散，再之后，蔓延至整个喉咙。

这样的美味，是怎样炼成的呢？为了一探究竟，我和美食家蔡昊老师、闫涛老师来到AMUR鱼子酱的大本营——云南会泽县一探究竟。

离昆明三个多小时车程的会泽县，是刚脱贫的国家贫困县，源源不断的山泉水为鲟鳇鱼的养殖提供了珍贵的水源，全年最低水温10摄氏度，最高水温17摄氏度，为达氏鳇和俄罗斯鲟提供了合适的温度。得天独厚的水源和温度，为高质量鲟鳇鱼养殖提供了保障，缺点是温度低，鲟鳇鱼长得慢，但也正是长得慢，才有高品质的鱼子酱，这个道理，想想工业化养鸡就明白了。

足够长的时间，是养殖优质鲟鳇鱼的另一个前提。长时间不仅仅意味着高成本，还有养殖的高风险：鲟鳇鱼一般7年就可以产卵，这也是它生存的一个风险期，看来养殖鲟鳇鱼也有"七年之痒"，很多养殖鲟鳇鱼基地会选择7年期取鱼子，正是为了规避这个风险。

AMUR攻克了"七年之痒"这个技术，直接跨越到12年才取卵，有一些甚至到了20年。他们还在继续挑战时间极限，力图找到美味和效率的最佳组合，尽管时间长意味着更美味，但过了最佳生育期，鱼子的量却呈下降趋势。这一点，AMUR人还在探索。

鱼子酱的风味，还与鲟鳇鱼吃什么有关。大鱼吃小鱼是自然界的规律，但却不适合于养殖鲟鳇鱼——成本太高！

AMUR自己为鲟鳇鱼配制了饲料：来自秘鲁的鱼粉和加拿大的鱼油、国产的豆粕组合，为鲟鳇鱼提供了足够的蛋白质和脂肪；干净的环境，保证了鲟鳇鱼的健康，所以不需要使用抗生素。AMUR鲟鳇鱼一天要吃掉15万人民币的饲料，而他们的年产值才5000万。足够的耐性和坚持，让我们深受感动。

对勤劳好学的中国人来说，鱼子酱的加工倒是简单，经过培训的当地工人就可以做到。

第一关：杀鱼。将鲟鳇鱼敲晕、清洗，让鲟鳇鱼死得没那么痛苦。人类为了生存，必须杀生，但无论如何，让动物死得不那么痛苦、更人道一点，都是应该的。

第二关：取卵。再次清洗鲟鳇鱼，给腹部消毒，用利刀剖开鲟鳇鱼腹，鱼子破腹而出。鲟鳇鱼简直就是为了鱼子酱而生存的，鱼子的重量，高达 20% 左右。工人们熟练地取下鱼子，送入另一个无菌操作车间。

至于鲟鱼其他部位，也各有用途：鲟鱼筋、鲟鱼肝、鲟鱼皮都可以卖出不错的价钱，可惜鲟鱼肉没开发好，一般速冻后卖到俄罗斯，这个肉他们喜欢吃。我们当天用鲟鱼肉打边炉，放进滚汤里七秒就捞上来，鲜甜爽脆，好吃极了！

第三关：筛选。割下来的鱼子，连着胎盘，工人在特制的金属筛网轻轻地搓揉，鱼子就掉进网孔下面的容器，胎盘留了下来。这个貌似简单的动作，我看暗藏技术：鱼子不禁用力，与金属筛网接触，那是多么地容易破碎，工人们用的是阴力，估计个个都是武林高手，还是讲武德的那种。这个时候的鱼子，我尝了一口，有很浓郁的脂香，不腥，有一点鲜。

剩下的胎盘弃之不用，蔡大师和我说，拿来炖汤，估计味道不错。我说再忽悠什么滋阴养颜等功能，估计相信的人也不少。

第四关：盐渍。按比例加入来自奥地利的盐，用手迅速搅拌均匀，再放入筛子中用力摇晃，多余的盐分随着盐水被摇晃出一部分，又迅速地装进大盒中，用压力器再挤压出多余的盐水，成品基本制作完成。

这个时候的鱼子酱，咸味衬托出鲜味，鲜味一下子冒了出来，各种奶香、果香、花香蜂拥而至，而且，任我们吃个够！

第五关：熟成。新鲜的鱼子酱，鲜、香俱来，腥味无痕，但过了几天，鱼子酱经历一个排酸过程，味道变得差了一些，几天后，排酸结束，大分子的蛋白质变成小分子的氨基酸，鲜味更突出，这个过程就是熟成。有人喜欢这个味道，就可以发货了，有人喜欢让熟成更久一些，这全凭个人爱好，也与鲟鳇鱼的不同有关。

熟成室很冷，温度估计在零下 2 摄氏度左右，熟成时间的把握，AMUR 坦言，他们也还在摸索。

整个制作过程，全部是无菌操作，毕竟鱼子酱不经加热消毒，细菌容易让鱼子酱变质。制作过程也在十五分钟内完成，这也是为了让鱼子酱更新鲜，尽可能少地接触空气，防止氧化。

AMUR 鱼子酱不咸，这意味着更高的技术：盐可以抑制细菌生长，低盐更美味，但对细菌控制要求更高；这也意味着更高成本，毕竟盐可以增加鱼子酱的重量！得天独厚的条件，用心的呵护，耐心的等待，精湛的工艺，造就了优质的鱼子酱。

# 11. 不甘寂寞的鲫鱼

鲫鱼，鲤形目鲤科鲫属，论宗族，与鲤鱼是同科，是我国最常见的淡水鱼类之一，生活在青藏高原地域以外的各大水系，以植物性食料为主，维管束水草的茎、叶、芽和果实是鲫鱼爱食之物，硅藻和一些状藻类也是鲫鱼的食物，小虾、蚯蚓、幼螺，昆虫，也是鲫鱼的最爱。

植物多样的香味和小动物丰富的营养，赋予了鲫鱼香鲜的特殊风味，而藻类却让鲫鱼带有令人讨厌的土腥味。鲫鱼肉极其鲜美，富含蛋白质，所含氨基酸又和人体所需的氨基酸极为接近，所以容易吸收。鲫鱼肉极为嫩滑，那是因为其肌肉组织很细，分子较小，含水量多，表现出来的口感就是嫩滑。

鲫鱼，古时也叫鲋鱼，为什么这么叫？陆游的爷爷陆佃在《埤雅》中给了答案："鲫鱼旅行，以相即也，故谓之鲫。以相附也，故谓之鲋。"原来是因为鲫鱼不甘寂寞，总是成群结队之故。古人还创造了"过江之鲫"一词，形容众多蜂拥纷乱的人群或事物，如同江河中密密麻麻成群的鲫鱼。

"即"字的含义之一是"靠近""达到"，成语"可望而不可即"中的"即"字正是此意。相即相附，加个"鱼"字边，就这样起了名，是不是太过直白？在武汉，还叫它"喜头鱼"，"鲫"与"吉"同音，"吉"又与"喜"沾边，所以就叫喜头鱼，是不是太过绕弯？

鲫鱼经过杂交，就有不同的品种，通常依颜色分为黑鲫与白鲫，鲫鱼本来的颜色，背面为灰黑色，腹面则呈银灰色，鳍条又是灰白色，这是一种保护色。当鸟类等天敌从水上方往下看鲫鱼，由于黑色的鱼背和河底淤泥同色，故难被发现；天敌若从水下方往上看鲫鱼，就会因为白色鱼肚和天空的颜色差不多，鲫鱼也难被发现，所谓"东方泛起了鱼肚白"，就是这个意思。

当然，把鲫鱼只分成白鲫与黑鲫有些简单粗暴，野生的鲫鱼品种，主要有江西的彭泽鲫、云南的滇池高背鲫、湖南的红鲫、贵州的普安鲫、广东的缩骨鲫和河南的淇河鲫。养殖品种主要包括异育银鲫、湘云鲫和彭泽鲫。

哪个品种更好吃？这个没有标准答案，一般当地人都觉得本地鲫鱼好吃，"亲不亲，故乡鱼"使然。客观来讲，水草丰富的地方，鲫鱼就肥，当然就好吃。在每年的2~4月份和8~12月份，气温适合，鲫鱼胃口最好，最为肥美，这个时候的鲫鱼也好吃！

鲫鱼味美，可惜多刺，但在食物匮乏年代，缺点往往被忽略，优点被无限放大。中国人食用鲫鱼历史悠久，在河姆渡遗址中就出土了不少鲫鱼骨头，如此说来中华文明史不过上下五千年，吃鲫鱼却说不定有了7000年历史。

儒家十三经之一，春秋战国时代的礼制汇编的《仪礼》，其中的《士昏礼》记载："士昏礼……鱼用鲋，必肴全。""昏"与"婚"字通假，鲋鱼就是鲫鱼，也就是说，男女结婚喜宴的食品中，须有鲫鱼，并且必须是完整、无破损也未变质的。之所以要食鲫鱼，寓意为夫妇互相依附；之所以要食完整而未变质的鲫鱼，寓意为相敬相爱相助、婚姻美满不变质。

唐代巢县县令杨晔在记载唐代烹饪、喝茶的《膳夫经手录》中载："脍莫先于鲫，鳊、鲂、鲷、鲈次之。"脍就是刺身，古人吃鱼脍，鲫鱼居然排第一，其地位堪比现在的金枪鱼。这一习惯，居然在日本得以保留，就是鲋寿司。

鲋寿司起源于 8 世纪，在春季将琵琶湖中的鲋鱼，即当地特有的白鲫捕获之后，先去除鱼鳞和内脏，抹上盐后储存起来，到了夏季时将鱼取出，一层鱼一层米饭这样层层铺好，并放上重物压实，帮助其发酵。存放时间可以从几个月到一两年。长期发酵，鲋寿司有一股酸腐味，很多人无法接受它的味道，认为它是"黑暗料理"，也有人喜欢吃这样的味道。因为寿司存放太久，已经"熟成"了，所以也称为"熟寿司"。

明初朱元璋朝的吏部尚书刘崧来广州，这个清官吃到广州鲫鱼，就咏了一番：

> 鲫鱼潮退余溪卤，
> 牡蛎高结海沙。
> 红豆桂花供酿酒，
> 槟榔蒌叶当呼茶。

刘崧吃到的是鲫鱼、牡蛎、桂花酒，连茶都没有，只有槟榔和蒌叶，确实清苦。正部级的吏部尚书，吃喝仅此而已，确实清廉，不过，如果不是美味，部长大人大概也不会大咏特咏，而且，咏的还是我们广州鲫鱼哦。

"大吃货"袁枚也喜欢鲫鱼，他在《随园食单》中也写下他的心得体会：鲫鱼要选扁身的白鲫鱼，肉质鲜嫩松滑，熟后提骨，鱼肉自然离骨脱落。圆身黑鲫鱼肉质僵硬多骨，为鱼中劣品。这个结论我高度存疑，白鲫黑鲫嫩滑方面是否有区别？黑鲫鱼骨头会更多？煮熟的白鲫鱼只需手提骨，就可以骨肉分离？我做了试验，结论完全不是！

　　他介绍了鲫鱼的几种烹饪方法，最推崇的是蒸，而且是用酒不用水蒸，这个有道理，乙醇蒸发的时候把鱼腥味也带走，只是成本有点高。他还说蒸鱼时放点糖，可以提鲜。除了蒸，他还介绍了煎、拆肉鱼羹、炖这几个方法，唯独不见当今颇受欢迎的鲫鱼汤。

用鲫鱼烹饪之菜肴，怎么能缺鲫鱼汤？清代"扬州八怪"之一的著名画家李鱓，曾任山东滕县知县多年，卸职之后到扬州卖画度余年。有一天，他应邀到好友郑板桥家餐叙，郑板桥就请他喝鲫鱼汤，当他品尝到美味鲫鱼汤之后，即兴赋诗一首：

作宦山东十一年，

不知湖上鲫鱼鲜。

今朝尝得君家味，

一勺清汤胜万钱。

欣喜赞赏之情，溢于言表！山东也产鲫鱼，李鱓虽然只是县令，但鲫鱼不入其法眼，当了平民百姓，才有机会尝到鲫鱼，所以说有些美味，还是在民间。

我吃过的顶级鲫鱼菜，当属米其林二星星厨黄景辉师傅做的"无骨鲫鱼粥"：选取本地鲫鱼，用极细致的刀工取出鲫鱼的肉，鲫鱼骨头煲汤做粥底并调好味，粥滚之时把鲫鱼肉放进粥里，轻轻搅拌几秒钟，放冬菜和芹菜粒，熄火。那种鲜，才将鲫鱼的特点发挥到极致。用极细的刀工取出鲫鱼肉，两条各八两的鲫鱼，可以取出三十小片，除了鱼皮，一半是红肉，一半是白肉。红肉是红色肌凝蛋白，主要用于长时间施力，能量主要由脂肪供给，肉的风味主要储存在脂肪，因此风味也更足。白色的肌动蛋白主要功能是在短时间内迅速施力，能量是储存于纤维内的肝糖。

起骨后的鲫鱼肉一半是白肉，一半是更具鱼味的红肉，红肉的比例远比我们平时吃到的一口鲫鱼肉更多，因此更为鲜美！鱼肉在 50 摄氏度时蛋白质凝结、汁液流失而萎缩，到 60 摄氏度左右就开始变干，黄师傅的粥滚放鱼，几秒后熄火，此时鱼肉的温度正好在 55~60 摄氏度之间，所以滋味特别腴美，口感特别嫩滑。

鲫鱼有一股土腥味，厚重的胡椒粉，让我们的味觉和嗅觉抢先闻到，腥味也因此被掩盖了，这大概就是黄师傅的无骨鲫鱼粥好吃的原因了。漫画家小林老师也教我怎么给鲫鱼去骨，他做的无骨鲫鱼粥也不错。

广州城中做鲫鱼极好的还有两家，国防大厦嘉厨的北江野生鲫鱼煲，用潮汕咸菜调味，香得从舌尖直奔心间。岭南大厦迈姨潮州菜的咸鲫鱼，煲得骨头都酥软，咸香到极致，一口鱼一口粥，那种舒坦，会让你在不知不觉中吃撑！

# 12. 非洲鲫鱼非鲫鱼

从小在海边长大，特别喜欢吃鱼，对冰鲜我又不感兴趣，退而求其次，喜欢上非洲鲫鱼。

罗非鱼，又叫非洲鲫鱼，因来自非洲，形似鲫鱼得名。最早在 1957 年，罗非鱼从越南传入我国广东，所以早期也有人把罗非鱼称作"越南鱼"。同时，罗非这一叫法也源于越南的译名"Cá rô phi"，其中"Cá"意为鱼，而"rô phi"则是鲈非+，合起来便是非洲来的鲈形目鱼类，也算是个较为贴切的命名了。广州还叫它福寿鱼，图个吉利。奇怪的是，在美国的华人超市，又叫它吴郭鱼。原来这一叫法源自中国台湾，吴郭鱼是由吴振辉、郭启彰两位先生从新加坡引进到中国台湾的。为了纪念他们，就取两人的姓相连做鱼的名字。

罗非鱼原产于非洲的坦噶尼喀湖，属鲈形目，慈鲷科，口孵非鲫属。它更有鲷鱼般的口感，而没有鲫鱼般的多刺，人家本来就是鲷鱼家族，口感与黄脚立鱼倒是更接近。慈鲷口孵之名，源于这类鱼对幼仔无微不至的关爱，并用口孵化幼仔。雄鱼负责挖洞筑巢，经过一番求偶后，雌鱼产卵于巢中，并由雌鱼吸起鱼卵含于口中，利用口腔内不停地吸水活动给鱼卵供氧使其在口中孵化，雄鱼负责保护巢穴。

鱼仔孵化后，雌鱼离开巢穴并哺育鱼苗直到它们具有较好的游泳能力为止。初具游泳能力的幼鱼在起初的一段时间里，仍会游进雌鱼口中寻求庇护，也有一些种类口孵的工作由双亲共同承担。因为口孵特点，古埃及人发现活的小鱼从大鱼嘴里游出，因此罗非鱼在古埃及的文化里有起死回生的象征意义。

罗非鱼属广盐性鱼类，在海水、淡水中均可生存，对低氧环境具有较强的适应能力，一般栖息在水的底层，通常随水的温度变化或鱼体大小改变栖息水层。罗非鱼有着优良的适应能力及强大的繁殖力，生命力极强。罗非鱼在上百个国家和地区都有人工养殖，是全球分布最广的水产养殖品种，被誉为未来动物性蛋白的主要来源之一。

我国目前引进的罗非鱼，有奥利亚罗非鱼、红罗非鱼、吉富罗非鱼、尼罗罗非鱼、奥尼罗非鱼等5种。在市场上，卖鱼佬经常把红罗非鱼单独分开来，价钱也更高，有的还说成是"红立鱼"忽悠人。红罗非鱼是不是有更好的品质呢？科学家们做了详细的分析，结论是：5种罗非鱼肌肉蛋白质中的氨基酸组成基本一致，为14.41%~17.07%。比较不同罗非鱼品种肌肉脂肪酸含量，发现饱和脂肪酸及不饱和脂肪酸是以吉富罗非鱼最高，红罗非鱼最低。红罗非鱼的肌肉钙磷比为1:7.8，显著高于吉富、奥尼、吉奥等其他5种罗非鱼，是一种很好的补钙水产品。情况就是这么个情况，选择哪种罗非鱼，你看着办。

非洲鲫鱼虽然俗名里有"鲫"字，但与鲤形目的鲫鱼有着本质的区别。鲤形目的鱼类鱼肉里布满了"Y"形肌间刺，罗非鱼没有。鲤形目鱼类之所以长满肌间刺，目的是让自己不容易被吃掉——在河里湖里长大，太容易被逮到了，如果又太容易被吃掉，早就有灭族之灾。

罗非鱼保护自己靠的是背上那排锋利无比且有微毒性的刺，当遇到天敌时，这排刺令天敌知难而退。我们在杀罗非鱼时也要特别小心，当不小心被刺到时，真的会有扎心的痛，幸好罗非鱼这排刺毒性很小，遇热分解，不小心被刺到，用热水泡一下就好了。至于食用，毫无问题，都经过加热，那点微毒早就不见了踪影。这排刺有多锋利呢？作家刘慈欣在科幻小说《三体》中写道"鱼都能犯罪呢，我办过一个杀人案，一个娘们把她丈夫的阴茎割了下来，知道用的是什么？冰箱里冷冻的罗非鱼，鱼冻硬后，背上那排刺就和一把快刀一样"。

价廉物美的罗非鱼，肉质细嫩，每百克中含 20 克蛋白质，形似鲫鱼但却少刺，丰富的脂肪含不饱和脂肪酸，细腻、滑嫩、香甜，可与苏眉鱼一比。罗非鱼的腥味来自其食物中的藻类，杀鱼时把内脏全去掉，肚子里黑色的内膜刮干净，再加点黄酒或牛奶洗一下，就可彻底去腥。罗非鱼在低于 15 摄氏度环境下不进食，进入冬眠状态，低于 10 摄氏度就会被冻死，所以冬天的罗非鱼不好吃，除了冬天，其他季节的罗非鱼皆好。

罗非鱼产肉率也很高，鱼肉白皙中微微泛着粉色，深受不会挑刺儿的广大西方国家消费者的欢迎，于是罗非鱼被加工成各种鱼柳、鱼排或鱼片，欧美的超市里随处可以看到罗非鱼的身影。或煎或炸或烤，简单地撒一些香料和盐，就是一道不错的晚餐主菜。

罗非鱼遇到博大精深的中华料理后更是激发出无穷的活力，红烧罗非鱼、清蒸罗非鱼、水煮罗非鱼……没有它不能做的。3斤以上的罗非鱼，肉质紧致，不饱和脂肪酸丰富，特别好吃。大罗非鱼很难蒸得好，粤菜师傅发明了"浸熟法"：用90摄氏度左右的水浸熟它，再铺上姜丝葱丝，用滚油淋上去，加点酱油，又嫩又滑！

德厨新哥也善于烹制罗非鱼，把大罗非鱼起厚片，用油泡熟，再用姜丝葱丝生抽捞匀，此法广东话谓"捞起"，有风生水起，扭转乾坤之意。我在家里喜欢用罗非鱼煮汤：用油煎罗非鱼，倒进开水，稍滚一会儿，就是一锅奶白色的汤，加上萝卜、猪骨，就是萝卜猪骨鱼汤；加上木瓜骨头，就是木瓜鱼汤，汤汁鲜美，鱼肉蘸酱油，还是一道菜，家里附近的棠德市场，罗非鱼才一斤五块，真的是价廉物美，百吃不厌。

需要小心的是，因为罗非鱼鱼肉与鲷鱼有几分相似，有些平价日料店甚至会拿罗非鱼冒充鲷鱼，拿罗非鱼吃刺身，这就危险了，罗非鱼的生长环境使得寄生虫易在它的身体里面生长，所以，到平价日料店吃鲷鱼刺身，必须先验明正身。

文中部分资料，引自萨鱼的《罗非鱼，好吃量又足，没有万恶的肌间刺》，特此鸣谢！

# 13. 鳝鱼，善吗？

　　如果要选一种最被全国人民认识并且认可的鱼，那一定非鳝鱼莫属，原因有两个：一是鳝鱼分布广泛，除了青藏高原外，鳝鱼均可在我国其他地方的稻田、湖泊、池塘、河流与沟渠等泥质地的水域生存；二是鳝鱼味美，不论如何烹煮，都会让人喜欢，虽说不上人见人爱，但也鲜有听说讨厌的。

　　鳝鱼，体细长呈蛇形，体长 20~70 厘米，最长可达 1 米。体表有一层光滑的黏膜保护，无鳞，色泽黄褐色，体侧有不规则的暗黑斑点，各鳍不发达，基本消失，全身只有一根三棱刺，刺少肉厚，肉嫩味美。长江流域、辽宁和天津产量较多，产期在 6~10 月，以 6~8 月所产的最肥。鳝鱼不是我国所特有，东南亚、日本，甚至美国，都有鳝鱼的身影。

　　鳝鱼的别名多得很，古时候叫鳝鱼，因鳝鱼一洞一鱼，喜欢独处之故，所以用"单"字。后来又用谐音叫成旦鱼，再后来，"单"字有另一个读音 shàn，所以又被写成鳝鱼。叫"黄鳝"，那是鳝鱼腹部黄色之故，此外，还有田鳝、田鳗、长鱼、血鱼、罗鱼、无鳞公子等叫法，别名越多，说明越亲民，犹如今日城里的 Maggie、Tracy，过年回到乡下，还是被亲切地叫成阿莲、翠花。

　　得益于鳝鱼的生存能力和人工养殖，鳝鱼一直是平民美食。相比四大家鱼和鲤鱼、鲫鱼的地位，鳝鱼在淡水水族中属于"小水产"，身份只能和甲鱼、黑鱼、泥鳅等偏门并列，貌似可有可无，但是对于热爱美食的人来说，甘香油润、肥糯无刺的黄鳝之味是绝对不能错过的。

　　鳝鱼的甘香，来自其所含丰富的脂肪，每 100 克高达 1.4 克脂肪，因此鳝鱼别具风味；鳝鱼的鲜，来自所含的丰富的蛋白质，每 100 克高达 18 克的蛋白质，经过高温烹煮，大分子的蛋白质发生美拉德反应，分解为呈鲜味的氨基酸；肉质细嫩的鱼肉，分子更小，只能捕捉到小分子的味蕾对它情有独钟；只有一根三棱刺，很容易剔除，又没有肌间刺，其余全是肉，所以老少皆宜。

　　鳝鱼味美，但生宰鳝鱼可是个技术活，这是因为鳝鱼体型细长，身上还有一层光滑的黏膜，让人根本无法下手。杀鳝鱼一般是在长板上用钉子扎住鱼头，然后用锋利小刀从脊背插入一拉到底，再从脖子切断脊骨，连同内脏一起刮去，最后斩断鱼头和尾巴末梢，得到完整的鱼肉。这时的鱼肉，血淋淋的，滑溜溜的，洗还是不洗，形成了正反两派，有人说应该洗净，否则有杂味，也不卫生，于是用盐和面粉一起搓洗。有人会拦住不让洗，最多让你用干布抹净，说鲜美的鱼多洗会损失鲜味，有人还用黄鳝血来增加底汤香味。

　　虽然鳝鱼分布广泛，但是本性喜好温暖，所以南方的鳝鱼更多，鳝鱼的经典菜肴，也主要存在于南方各地，从冷盘到炒、炖、烧、蒸、水煮、干煸、啫啫、煲仔饭、火锅，鳝鱼香醇肥嫩的特点被挖掘到极致。

　　全国最会吃鳝鱼的地方，大概要数江苏了，历史上著名的全鳝席，源于江苏淮安，据说有108道鳝菜。淮扬菜炒蝴蝶片就是生炒鳝片，活杀鳝鱼去脊骨内脏后，用刀横切片，一刀断，一刀不断，这样得出的鳝片形如蝴蝶，所以叫炒蝴蝶片；炒软兜是另一道著名的淮扬菜，使用烫杀的鳝鱼，用竹刀取脊背肉炒制而成，鳝鱼肉兜住汁水，所以叫软兜。炒软兜要的效果是筷子夹起，软嫩的鳝鱼肉两端自然垂坠，以显示出火候的精当；响油鳝糊，出锅的一勺滚油不仅激发出香味满屋，而且声音令人振奋；大烧马鞍桥也是经典苏菜，带骨鳝鱼段与猪肉合烹，因鳝鱼段形似马鞍桥而得名；炖生敲是南京菜，鳝鱼活杀去骨后用木棒敲击，使鱼肉松散，此谓生敲，再切成2寸斜块，先炒后炖，与猪肉片、蒜瓣、绍酒、酱油等共冶一炉，鲜嫩到极致。

淮扬菜善烹鳝鱼，但并不能说他们做得就比别的地方好，毕竟口味这东西，真是"尔之蜜糖，吾之砒霜"。各地对鳝鱼的烹饪，有各自喜欢的烹饪方法和口味，比如湘菜中的黄焖鳝鱼，黄鳝的灵魂伴侣是辣椒和紫苏叶；川渝麻辣火锅，上一碟现杀现涮的鳝鱼，那真是对你不薄；粤菜的啫啫黄鳝煲，280摄氏度的高温，让鳝鱼的蛋白质彻底分解为呈鲜味的氨基酸，姜粒、蒜粒和葱段的加持，把鳝鱼的香味放大，打开煲盖那一刻，灵魂仿佛跟着蒸汽一起腾云驾雾，令人飘飘欲仙；著名的台山黄鳝煲，鳝香和米香交织，肚子再饱也可以干下两大碗。

野生的鳝鱼更加美味，那是因为它们的生长时间更长，积累了更多的风味物质，所以更香。野生的鳝鱼需要寻找食物，运动量更大，肉质也因此更为爽脆，迎合喜欢爽脆口感的人的需要。养殖的鳝鱼也非常不错，更加肥美，脂肪含量更高，也弥补了快速成长导致的风味的不足。传说中养殖的鳝鱼吃避孕药长大，这是极不靠谱的，这是因为鳝鱼是一种变性动物，从胚胎期到初次性成熟时都是雌性，即体长在35厘米以下的为雌性，产卵后卵巢逐渐变为精巢，体长在36~48厘米时，部分性逆转，雌雄个体几乎相等，成长至53厘米以上者则变为雄性。避孕药是雌性激素，服食避孕药，不是让鳝鱼长大，而是让它长不大，没有养殖户傻到这种程度。

鳝鱼美味，喜欢鳝鱼的，古已有之，因此留下文献也不少。梁朝陶弘景在《名医别录》中称"鱓是荇根所化"，又云"为死人发所化"，这里的"鱓"，就是鳝鱼，陶弘景从鳝鱼细长想到荇菜根和头发，说鳝鱼是荇菜根和人死后的头发变出来的，这当然是胡说八道。唐朝的陈藏器在《本草拾遗》说"鳝鱼，夏月于浅水中作窟，如蛇，冬蛰夏出，宜食之"。五代后蜀孟昶的翰林学士韩保升在《蜀本草》中称"鳝鱼生水岸泥窟中，似鳗鲡而细长，亦似蛇而无鳞，有青黄二色"；宋代名医寇宗奭在《本草衍义》中称"鳝腹黄，故世称黄鲔"；明朝李时珍在《本草纲目》中称"黄质黑章，体多涎沫，大者长二三尺，夏出冬蛰"，这些描述都简洁而确切。

黄鳝入馔在我国有 2000 多年的历史，《滇南本草》《随息居饮食谱》《本草纲目》等众多书籍都对鳝鱼的药用价值做了描述，大多认为其有"添精益髓，补虚益血，壮筋骨"等功效，鳝鱼含丰富蛋白质，所谓"补虚壮筋骨"，这个靠谱；鳝鱼血含铁，说它"益血"也算有依据；至于"添精"，是看在鳝鱼喜欢钻洞，又很生猛而联想到的，纯属想多了。

南宋权臣张俊曾请过宋高宗吃饭，摆了一桌可能是中国烹饪史上最知名的宴席，其中"下酒十五盏"中第七盏有一道菜叫作"鳝鱼炒鲎"。鲎是一种海洋活化石，但没什么肉，口感也差，基本上很少出现在宴席之上，真要吃它，也只能熬个汤，取其汤汁那点鲜，以前的潮汕名小吃"鲎粿"，就是取汁后与淀粉勾兑弄出来的。这道"鳝鱼炒鲎"只能靠鳝鱼当主角了。后人推测，这道奇怪的菜肴只是张俊作为臣下讨好高宗皇帝而拼凑出来的恭维菜，鲎形似龟，而鳝鱼则可以比龙，因此这道菜寓意吉祥的龙龟，而"龙龟"又与"荣归"谐音，有为高宗皇帝偏安一隅开脱粉饰的意思。

美食家汪曾祺在《鱼我所欲也》一文中也曾提到过全鳝宴，"一桌子菜，全是鳝鱼。除了烤鳝背、炝虎尾等等名堂，主要的做法一是炒，二是烧。鳝鱼烫熟切丝再炒，叫作'软兜'，生炒叫炒脆鳝。"这些做法，现在淮扬菜还保留着。

提出"慎独"学说的明崇祯朝左都御史刘宗周，在他撰写的《人谱》中说了这样一个故事，大意是，有个叫周豫的读书人亲自煮了一锅清炖鳝鱼汤，熟后掀开锅盖，发现一条鳝鱼身体向上弓起，只有头尾在沸汤之中。他剖开鱼腹，发现里面是满满的鱼卵，才知道鳝鱼是为了保护孩子，周豫深受感动，从此不再吃鳝鱼。

护犊之举，很多动物都有，但如鳝鱼般悲壮，确实不多，如此看来，鳝鱼，还真配得上这个"善"字。

# 14. 龙虾，真有那么好吃吗？

厨神蔡昊相邀，到 TIT 创意园里的老厝吃潮州菜。潮州菜以烹制海鲜见长，休渔期海鲜少，本来就没有寄予太大期望，不过，物流发达的今天，全世界的海鲜都可以很快送达，比如龙虾。主人家为了表示热情，点了一只龙虾，不过是"吃虾不见虾"，将龙虾去壳取肉，用上汤和薄荷炖汤，清甜得很。

龙虾，是节肢动物门软甲纲十足目龙虾科下物种的通称。龙虾科包括 11 属，共约 46 种，根据杭州大学董聿茂、汪宝永发表的《中国龙虾类的初步调查》，我国已发现的龙虾约有 23 种，主要有锦绣龙虾、中国龙虾、波纹龙虾、杂色龙虾、日本龙虾、赤色龙虾、日本脊龙虾等。解决了温饱问题又好吃的中国人，很快就让我国的龙虾供不应求，于是，世界各地的龙虾"纷至沓来"，出现在我们的餐桌上。

## 中华锦绣龙虾

中华锦绣龙虾，在古代被称为"神虾"，又叫七彩龙虾、花龙虾，潮汕地区说的"小青龙"，是还没有长大的中华锦绣龙虾。体色多彩鲜亮，周身呈青绿色，蓝色的胸甲夹杂着紫粉色斑块，触角和尾部亮红，步足镶有漂亮的金色环斑，腹部各节有黑色横带，十分漂亮，所以它在水产市场上还有个喜庆的别称：大彩电。

锦绣龙虾不只中国海域特有，在东南亚国家也经常可以见到它的身影。它广泛分布于日本、印度洋和南太平洋，喜欢栖息在珊瑚外围的斜面至较深的泥沙质海底，体长可达 60 厘米，为龙虾属中体型最大的品种。因为产量少，外观漂亮，离我们的餐桌更近，所以被诸多光环笼罩，锦绣龙虾成为龙虾中的最高端品种。

## 澳洲龙虾

澳洲龙虾，学名叫澳洲岩龙虾。分布于澳大利亚和新西兰以及周边群岛，栖息于珊瑚和岩石较多的大陆架，体长最大可达 50 厘米。通体深红色或橙色，胸甲坚硬多棘刺，腹部和步足为亮黄色，显得格外的肥美壮硕，肉质相对细嫩、滑脆而有弹性。澳大利亚有着超过六万公里的海岸线，得天独厚的自然环境孕育了世界顶级的美味龙虾。在市场上，新西兰龙虾和澳洲龙虾往往混着卖，它们都属于一个岩石龙虾类别，大体上长得也一样，但是澳洲龙虾比新西兰龙虾更有名气，所以在海鲜批发市场上，很多供应商也就把新西兰龙虾直接当澳洲龙虾进行销售。

如何区分新西兰龙虾和澳洲龙虾呢？澳洲龙虾从颜色上讲，普遍是火红色，而新西兰龙虾的红要比澳洲龙虾浅一些。澳大利亚对龙虾资源的立法保护也相当到位，只有胸甲长度超过 10 厘米的澳龙才被允许捕捞。此外，在国内市场上销售的澳洲龙虾基本上没有低于 1.5 斤的。所以，只要是低于 1.5 斤的澳洲龙虾，全部不是真正的澳龙，而是来自新西兰的岩石龙虾。不过，澳洲龙虾与新西兰龙虾在风味和口感上没有明显的区别。

## 波士顿龙虾

严格来说，波士顿龙虾不是龙虾，是十足目海螯虾科螯龙虾属和海螯虾属的成员，确切的叫法应该叫美洲螯龙虾。波士顿并不盛产美螯，曾经的龙虾贸易以港口城市波士顿为集散地，因此得名"波龙"。它们主要分布于大西洋的北美洲海岸，特别是加拿大纽芬兰、拉布拉多和美国缅因州。

波龙体长 20~60 厘米，前三对足都呈螯状，第一对足演化为一对超大螯，体表的铠甲光滑锃亮，触须较短。体色多为橄榄绿或棕褐色，纯黑色和红色个体也很常见。波龙生长在水温较低的地方，生长速度非常缓慢，波龙最大的个体记录是 20 千克，体长超过 1 米。虽然它生长缓慢，好在产量较高，所以价格还算亲民，波龙也分美国波龙和加拿大波龙，两者没有区别，产量上，加拿大波龙小一些，大约占 1/3。

## 法国蓝龙

我们常说的法国蓝龙也不是龙虾，而是属于螯龙虾，是波士顿龙虾的亲戚，学名应该叫欧洲螯龙虾，又叫欧洲蓝龙，主要分布于东大西洋、地中海和黑海，体型和美螯相仿，体表多为美丽的深蓝色并带有金黄色斑纹。这种迷人的颜色，是一种数量过多的蛋白质与一种红色类胡萝卜素分子——虾青素结合后，形成蓝色化合物虾青蛋白。正是这种物质导致龙虾呈现蓝色。欧洲螯龙虾肉质较波龙更好，生长周期也很长，但产量要比美螯低很多，相对稀有和昂贵，英国、法国和冰岛是出产欧洲螯龙虾最多的国家，之所以叫它"法国蓝龙"，也许是因为它常常出现在高大上的法餐里的缘故。

## 小龙虾

著名的小龙虾也不是龙虾，是甲壳纲十足目螯虾科水生动物，也称克氏原螯虾、红螯虾和淡水小龙虾。原产于美洲墨西哥湾附近，尤其是密西西比河河口地带，所以又叫路易斯安那州螯虾，在中国已经成为重要经济养殖品种，因其杂食性、生长速度快、适应能力强而在当地生态环境中形成绝对的竞争优势，其摄食范围包括水草、藻类、水生昆虫、动物尸体等，食物匮乏时亦自相残杀。

小龙虾一开始以价廉物美成为城市年轻人的新宠，近几年占据食材的第一位，统计数据显示，小龙虾吃得多的都是大中城市，集中在华北、华东、华中等地区。北京、武汉、上海、南京、长沙、杭州、苏州这几个城市，每个城市一年就能干掉万吨以上的小龙虾。统计数据还显示，北京和上海卖小龙虾最多的地区，都是CBD所在地——北京的朝阳区和上海的浦东新区。这说明，小龙虾已经是中产和年轻人的最爱，这与宵夜经济有关，另一方面，小龙虾还是一个理想的社交食物，它需要剥壳，原来可能觉得挺麻烦，但如今，这已经成了让人们放下手机最有力的理由。

　　龙虾漂亮豪华的外表，可能是它受欢迎的理由，毕竟，请客吃饭，上一只大龙虾，好不好吃另说，至少场面就撑住了。各种美食评论，都大赞龙虾的美味，恕我直言，这是一种被吹捧起来的食物，实在说不上美味，普通的海虾，味道之鲜，肉之嫩，都在它之上。

这主要是因为龙虾肉肌肉纤维超大，肉质粗糙。龙虾的生长速度极其缓慢，长到 1 磅（约 0.45 千克）重，算是有些肉了，需要 6~8 年的时间。龙虾从交配到产卵，过程就特别漫长，每年交配季后，虾卵还要在雌虾的泳足下待 2~4 个月之久，受精卵离开母体时直径约 1 毫米。受精卵随后孵化成叶形幼体，叶形幼体经历十多次蜕皮，体长增长了 30 多倍，形体也发生质的变化，终于长成了迷你小龙虾的模样，这个过程需要经历近 10 个月的漫长时光，此时的虾形幼体也只有 3~4 厘米。

　　约 45 天后，幼体经过一次蜕皮，才变成 5 厘米左右的龙虾幼体，甲壳的色素也渐渐沉积，从此便栖息于礁石和珊瑚缝的缝隙里。一年后幼虾可以长到 10 厘米左右，每年体长增长 3~5 厘米，再经过数次蜕皮，从幼虾长成成年龙虾大约需要 10 年。出现在我们餐桌上的龙虾，我们完全没办法判断它的年龄，很多研究人员试图用多种途径来探测龙虾的寿命，但大多数情况下都会无疾而终，这是因为龙虾脱壳脱得太彻底，不会残留任何硬质的部分，因此也就无法从检测脱壳痕迹来推测年龄。

　　理论上，龙虾甚至可以长生不老：包括人类在内的动物会老死，那是因为细胞分裂的时候，线粒体端粒会不断缩短，缩短到一定程度时，细胞也就没有办法继续分裂，于是开始出现衰老症状，直到生命体征消失。而龙虾体内会分泌一种可以增加线粒体端粒长度的酶，使体内细胞没有分裂限制，从理论上说是可以延缓龙虾衰老，拥有无限寿命。如此漫长的生命，肉质之老可想而知。

　　我们的味蕾感受器只能感知小分子物质，龙虾粗糙的肌肉属于大分子物质，虽然经过咀嚼，还是有些味道。但是，对太粗糙的食物，味蕾自然把意见反映给大脑，结论就是"我不喜欢"，大脑发出的判断就是"不好吃"！从这个角度看，大龙虾还真比不上不是龙虾的小龙虾。

我说的龙虾算不上美味，也与它的高价格不匹配有关，客观来说，只要烹饪方法得当，扬长避短，龙虾味道还是过得去的。龙虾肌肉细胞中高浓度的游离氨基酸和胺类化合物是龙虾肉鲜美滋味的来源，晶莹剔透、鲜嫩爽滑的虾肉口感也极其纯粹，所以非常适合生吃。

龙虾加热后会散发出一种类似炒坚果的芬芳，这种香味来自游离的氨基酸和糖类产生的吡嗪和咪唑类物质。龙虾的膀胱位于靠近脑袋的部位，如果排尿不彻底，或者不够新鲜，龙虾肉会有苦涩味，潮州菜中的龙虾鱼饭配橘油，粤菜的芝士焗龙虾，都是以甜味掩盖苦涩味。龙虾的游离氨基酸主要存于甲壳中，龙虾中最珍贵的虾青素是科学家发现得最强的一种抗氧化剂，颜色越深说明虾青素含量越高，它们也主要存在于甲壳里，所以，用龙虾甲壳熬汤，味道鲜美而且营养丰富，龙虾浓汤是西餐的杀手锏，美味得很。

对龙虾不予好评的，不独我一人，17世纪的英国殖民者穿越大西洋来到现在的美国，面对堆积如山的波虾，为了挺过寒冬，也只能硬着头皮吃，因为带壳的龙虾并不是当年英国人习惯的食物，那时候的烹饪方式也很简单，就是盐水煮，味道确实不怎么样。随着殖民者在新大陆势力的扩张，龙虾变成了囚犯和穷人被迫的选择，直到1622年，经过奴隶们的暴力抗议，殖民政府才被迫签署法律规定：给奴隶吃大龙虾不得超过一周三次。

古代欧美人不喜欢龙虾，古代中国人也从未视龙虾为美味，如果龙虾真的是美味，史书上早就大书特书了，这玩意，从来不入富贵人家餐桌，更不用说进入皇家贡品行列。

　　唐朝的陈藏器在《本草拾遗》中倒是提到了龙虾"生临海、会稽，大者长一尺，须可为簪"，龙虾味道怎么样直接忽略，唯一价值是"须可为簪"，硬须用来做成发簪，可见龙虾之不受待见。即便是今天视龙虾为高贵食材的潮汕，最迟到清朝嘉庆年间，龙虾也没什么太高的评价。据张新民老师提供的资料，嘉庆年间的《澄海县志》记载，说将龙虾壳做成龙虾灯，这是龙虾的最大作用，至于龙虾肉，压根就没提！

　　龙虾如何一步登天，真的有点不可思议，原来，从无人问津到万人追捧，并不需要理由。这种机会，哪天落到我们头上，那就好了。

191

第四篇

味兼
南北

# 1. 新渝城的野生菌宴

"重庆人 80 后新疆当兵非洲做生意广东开餐厅"的文书兄，名下有多个餐饮品牌，有重庆菜的新渝城，以前叫渝城味都；集粤菜三个分支广府菜、客家菜、潮州菜于一身的广东道；有轻奢型的现代潮州菜品牌至正潮菜。

难得的是，非厨师出身的他，不仅考虑经营，更是对烹饪充满兴趣，找来各种食材，尝试着各种烹饪方式，不断地试验。这种试验，其实就是在摸索食材最合适的表现手法的同时，也照顾到客人对不同菜系的口味偏好要求。云南野生菌季节，少蓬兄从原产地寄来松茸和鸡枞，文书兄又呼朋唤友，让大家一起试菜。

闫涛老师是如假包换的云南人，按照他的意见，松茸薄切配鱼子酱生吃。这是近年流行的一种高贵吃法，把松茸和鱼子酱两种贵价食材放到一起，加上日本刺身这种一看就贵的表现形式，收多高的价钱客人都不会有意见。

松茸的呈味氨基酸遇上鱼子酱的咸鲜，谷氨酸遇上钠，所以有鲜味，味精的主要成分就是谷氨酸钠。我个人倒不喜欢这种表现形式，这主要是因为松茸的生长环境并不卫生，生吃松茸的整个处理过程没有杀菌，未经加热，松茸的呈味氨基酸也乏善可陈，鱼子酱太鲜，会使松茸沦为配角。怎样才能把松茸和鸡枞菌做得好吃呢？我们不妨先认识这两种菌，再来探讨它们的烹饪方法。

　　菌菇，食物分类上我们把它归入蔬菜，生物学上，它既不属于动物，也不属于植物，而属于真菌类，与霉菌、酵母菌同属。菌菇不同于植物，它们没有叶绿素，不能从阳光中捕捉能量，要靠其他生物体维持生命，包括植物和植物残骸。有些菌菇和乔木构成共生关系，这一类很难培育，因为必须有一整片森林才能大量生产。

　　松茸和松树根、白栎树根系形成共生关系，菌丝深入树根汲取养分，也为树根筑起抵御病菌的屏障，松茸要在泥土下积蓄5～6年的能量才能破土而出，4天后孢子喷出，也就没有食用价值了。鸡枞菌与白蚁形成共生关系，菌丝从白蚁排出的粪便中汲取养分，一年后冒出来，生命只有短短的一天。

菌菇靠水的膨压撑住蕈株，水分比例达 80%～90%，外表皮层很薄，靠几丁质强化细胞壁，水分流失很快，所以一经加热，水分流失，迅速缩小。菌菇浓郁的风味，可与肉类媲美，这是因为它们含有大量的游离氨基酸，包括谷氨酸和鸟苷酸，它们协同作战，形成相乘效应，鲜味大大提高。

鸡枞被称为"菌王"，鲜味是所有野生菌之冠，那是因为它除了有谷氨酸和鸟苷酸，还有天门冬氨酸，六种呈味氨基酸它就占了三种，不鲜才怪。菌菇的香气主要是醇类和醛类，各种菌菇有它与众不同的香气，既有菌菇特有的挥发性化学物质，也有多种化学物质混合而成，松茸特有的香味，来自松茸醇，这东西据说可以抑制癌细胞的生长，所以珍贵。

松茸、鸡枞菌算是菌菇里既鲜又香的顶尖品种了，但如果生吃，也只有淡淡的鲜香。它们还有一些秘密武器深藏不露，那就是各种酶，我们把它们统称为酵素。这些酵素平时与菌的蛋白质、醇类和醛类物质各有细胞壁保护，所以互不干扰，加热使酵素异常活跃，对蛋白质和醇类、醛类等化合物进行分解，把鲜味和香味大大提高。这个温度以 60 摄氏度为最佳，这个温度指的是食物的中心温度，不是表面温度，超过 65 摄氏度，酵素就被灭活了，分解过程停止，继续加热，香类物质遇热挥发，但蛋白质开启另一段美妙的旅程：没有味道的大分子蛋白质分解为鲜味的小分子氨基酸，菌菇变得更鲜，但香味不足。所以，松茸和鸡枞菌以干式加热慢慢烹调，风味最强，这是酵素加热活跃发挥作用的结果；同时，水分挥发一部分，氨基酸、糖分和香气浓缩，味道更浓；

热度瓦解气穴，质地更结实。

新渝城的菌菇宴很好地把这套理论实践了一遍：切片的松茸摆在碗里，滚烫的鸡汤淋上去，松茸特有的香味扑面而来，鲜味直捣整个口腔，让大家蒙圈，简直比生吃松茸鲜上几百倍，滚烫的鸡汤和松茸碰撞，温度刚好就在 60 摄氏度左右；切片的松茸在平底锅里用黄油慢火煎，黄油里的水分和蛋白质慢慢释放，温度逐渐上升，这个过程也是酵素努力工作的过程，于是满屋飘香，撒上少许岩盐，鲜得变成了甜，大家纷纷拍案叫绝；鸡枞菌厚切，也用黄油慢煎，一种是撒岩盐直接上桌，一种是用葱白略炒，都鲜得让人哑口无言。

松茸和鸡枞菌太贵了，1000 多元 1 公斤，这么名贵的食材，必须让它们当主角。新荣记有一道松茸炖黄鱼狮子头，虽然是汤菜，也突出了松茸的位置。用干松茸菌炖汤，萃取出松茸的味道，松茸干已经没有味道，于是弃之不用，临上桌前再把新鲜的松茸菌放进去，这是把松茸菌的特点理解透了。按此办法，还可以做出川菜版的松茸鸡豆腐，淮扬菜版的松茸菌文思豆腐，粤菜版的松茸菌花胶、辽参……

当然了，只要你喜欢，把松茸菌、鸡枞菌一锅端煮汤，或者炒辣椒，也没有什么不可以。"食无定味，适口者珍"，美食本来就是主观的体验，这个世界，没有什么比自己喜欢更重要。

# 2. 彩云之南，美食难不难？

除了我居住地广东，云南应该是我去得最多的省份了，宜人的气候，优美的风景，上天对云南确实不薄。

说起美食，上天对云南更是眷顾有加，全世界的可食用野生菌，中国约占 60%，其中 2/3 就在云南，年产约 50 万吨，松茸、鸡枞、牛肝菌、松露、干巴菌、黑虎掌、青头、竹荪……这些一公斤可以卖到几百到一千多元的顶尖食材，在全球最大的野生菌交易市场——昆明水木花市场，却是地地道道的地摊货。

菌菇，既不是植物，也不是动物，尽管它没有叶绿素，也不靠光合作用采集能量，但森林里表面的腐质层，已经肥沃得足够它一夜之间破土而出并且茁壮成长。我们吃的是它可以被看见的子实体部分，它的出现不是为了被吃掉，而是为了繁殖下一代——把孢子撒遍人间。为了完成这一任务，它必须一冒头就足够快地成熟并完成繁殖任务，并且让一部分菌菇有毒，这是最好的防御手段。道高一尺，魔高一丈，勤快的山民在孢子撒出前就手到擒来，而且还要能够分辨哪些没有毒，哪些尽管有毒，但烹饪得当也可以成为美味。

菌菇的美味，主要是鲜和香，鲜来自其所含的呈味氨基酸，主要是谷氨酸和鸟苷酸，这两种呈味氨基酸同时出现，在味觉上起到相乘效应，将鲜味提高了好多倍。香味则来自菌菇所含的醇类和醛类，各种菌菇有它与众不同的香气，既有菌菇特有的挥发性化学物质，也有多种化学物质混合而成。这些化学物质在新鲜状态、干燥状态和烹饪过程中表现复杂，这主要是加热会使一部分化合物挥发，加热到一定的温度又会使菌菇的酵素更为活跃，让香味物质增加。每种菌菇的情况不同，如何烹饪，必须先了解各种菌菇的特点，再采用不同的烹饪方法，其中的门道，复杂得很。

守着这些优质食材，滇菜是怎么表现它们的呢？传统的滇菜最常见的是火锅：一锅炖好的鸡汤，开火，把各种菌往锅里一倒，为了防止中毒，要求二十五分钟至半小时后才能开盖，然后大碗吃！讲究一点的是把贵价的牛肝菌与其他菌分开，其实，分不分开都一样，菌菇的鲜味已经到了汤里，香味已经不知所踪，汤是又鲜又咸，而菌菇则味同嚼蜡。一斤各式牛肝菌，市场价少说也要七八百，再加一斤杂菌，成本上千，却只是为了喝这口汤，我怀疑滇菜的"滇"是不是应该写成"癫"？

当然还有其他做法，比如用辣椒和蒜片炒，辣椒素和大蒜素强烈的刺激性，不配一碗饭你都无法再下筷子。这时候，菌的那点鲜，甘愿沦为配角，衬托出辣椒和大蒜的辣和香。

传统滇菜"黑乎乎、油乎乎"，用来配主食，虽然满足了滇人的口味偏好，却不适用于日益增多的商务应酬。随着昆明城市定位的提升，滇菜国际化也应运而生，高端精致滇菜也有拿到黑珍珠一钻的，比如昆明翠湖宾馆某中餐厅。他们是如何表现菌菇的呢？

鳜鱼蒸熟，将菌子剁碎，和其他调味品炒后铺在鳜鱼上面。这道菜，造型不错，五颜六色也很赏心悦目，味道也属于清淡，菌的参与，估计是想给鳜鱼提鲜，突出鳜鱼，这个逻辑没毛病。美中不足的是，鳜鱼蒸的火候过了，肉显得有些老；炒过的菌只是简单地铺在鱼身上，两者互不交融，没办法让鳜鱼入味。这道菜，我给它起个雅名，叫"相濡以沫"，因为后面还有一句——"不如相忘于江湖"。

　　青头菌去柄留头，猪肉和马蹄莲剁成泥后酿进里面，用各种酱料焖煮。这道菜，有点像迷你版的红烧狮子头，但又有点像客家菜的冬菇酿，师傅估计是想用猪肉给青头菌增鲜，青头菌是主角，猪肉末是配角。可惜焖煮的时候，青头菌的呈味氨基酸跑到了汤汁和肉末里，肉末倒是鲜甜，青头菌的味道却变得寡淡了。这道菜，如果改焖为蒸，青头菌的鲜味流失会少一些，再将青头菌的菌柄切碎，用蒸青头菌酿的汁水一起煮成汁再淋到青头菌上面，这样会不会好一些呢？

　　鸡枞菌撕成丝，用芭蕉叶包住上锅蒸，这个颇具傣族风情的设计，创意一流。遗憾的是，鸡枞菌太干了，鲜味也不知所踪。师傅可能想用清淡将鸡枞菌的鲜表现出来，鸡枞菌的鲜，必须与咸结合，这是因为鸡枞菌的鲜主要来自谷氨酸，谷氨酸要表现出鲜，必须以钠盐的形态存在，味精的主要成分就是谷氨酸钠。不放盐，鸡枞菌的鲜就不见踪影；不放油，也寡得割喉。鸡枞菌虽然也含蛋白质，但蛋白质的含量也只有 3%～5%，几乎不含脂肪，健康是健康，但一点油水都没有。

滇菜大师鄢祯说国足有一阵子选昆明为主场，客队来了请他们吃菌，比赛时客队上气不接下气，这固然与昆明海拔高缺氧有关，但与吃菌热量供应不足也不无关系，即便是云南人，连续吃三天菌子，走起路来也有点飘。这个菜，如果用鸡汤泡一下再蒸，或者淋点动物油，会好吃很多。

倒是用菌菇的半成品做的菜令人异常惊喜：鸡枞油拌的米粉，香得让人兴奋，可惜只有两三根炸过的鸡枞，这个可以来个满满的一勺；虾仁松露酱，松露酱比新鲜松露香得多，弥补了冰冻虾仁味道的不足。云南松露年产约 20 万吨，比法国和意大利加起来还多，但味道比较淡。

早在 1996 年，巴黎第六大学的贾娜法荷团队就对中国松露进行了研究，发现中国松露的孢子与法国的松露在显微镜下有很大的不同，克莱蒙费朗的冈德碧芙团队则发现，两者的基因也不一样，这说明这两种松露应该属于不同种，生物学家称这种外形极相似但其实不同种生物为"物种复合体"。

把中国松露磨成酱，小分子物质更容易被味蕾受体捕捉到，做酱时发酵，酵母和松露酵素使松露的香味又再次放大，所以变得比法国新鲜松露还香；甜品松茸雪糕更是赢得大家的赞许，将松茸的味道萃取出来做成雪糕，那种又鲜又甜，绝对销魂！这几个菜所用的半成品，皆来自大地物源研发的产品，有段时间吃到的理象国松茸菌水饺、五芳斋松露粽子，也都是在他们提供的产品基础上再加工，难怪那么好吃。

滇菜师傅做的菌子菜差强人意，大地物源所属公司研发的野生菌产品却异常出彩，这源于对菌菇的认识是否充分。守着最顶端的食材，做好滇菜怎么会难？抛弃所谓的经验，虚心对待烹饪科学，以云南食材为基础，吸收其他菜系的优点，这个方向，应该是滇菜的未来发展之路。

# 3. 美食的传承与创新——再说滇菜和翠湖宾馆

到昆明考察云南野生菌，对滇菜表现野生菌的烹饪谈了些我个人的看法，写了《彩云之南，美食难不难》，引起了部分滇菜从业者的关注。因为只从菌菇谈到滇菜，多少有点以偏概全，看来，有必要讲得再彻底一点。

一个地方菜系的形成，与这个地方的气候、环境有关。气候和环境，决定了这个地方产什么，在物流不发达的年代，也只能产什么就吃什么，比如云南就大量产菌菇，这为云南人提供了蛋白质，这些被外地人视为山珍的食物，云南随处可见，一大锅随便煮也就习以为常。

云南产大米，但低纬度高海拔，又决定了这里的大米不算优质。高海拔低沸点，没有高压锅的年代，这里做出的米饭不好吃，聪明的云南人把不太好吃的大米做成米线，云南过桥米线成为一道云南美食；气候和环境也决定了一个地方的微生物菌群不同，云南的发酵类食物就很丰富，宣威火腿、诺邓火腿与浙江的金华火腿就不一样，云南菜肉类多用火腿腊肉腊排骨等，也是这个因素的影响；气候和环境，还决定了这个地方人的味觉偏好，比如云南，低纬度高海拔，不是湿就是热，人的味觉偏好自然选择了辣、酸和咸。擅长做什么菜、有什么名菜、味觉偏好是什么，这就构成了地方菜系的基本内容。

一个地方菜系的形成，是千百年的历史沉淀，一个人的味觉偏好，早在七八岁时就形成，大体上讲，一个人喜欢自己家乡的菜系，这就是"妈妈的味道"。

林洪在《山家清供》中说"食无定味，适口者珍"，没有哪个菜系比哪一个菜系更优越、更高贵，一方水土养一方人，传统滇菜受云南人喜欢，就如传统粤菜受广东人喜欢一样，传统滇菜把几千万云南人民的胃口照顾好，就是最大的贡献。所以，坚持传统，做好传承，是每个地方菜系的主要任务，从这方面看，传统菜无需"邯郸学步"，也无需在意别人的眼光和评价。

随着经济全球化的发展，人的交往日益增多，地方菜系除了照顾好本地人之外，还有了国际化的需求。美食的国际化，目的就是让外地人喜欢上本地的美食，这就需要有开阔的视野，想走国际化的餐厅，就需要在传统上进行创新。从这方面看，传统菜需要改良，需要在乎客人的感受，倾听别人的声音。

如何创新？条条大路通罗马，只要市场认可、客人认可，就是正确的道路。我个人之见，以下几个方面却是绕不过的：一是要跟上客人的口味偏好。营养过剩的年代，美食的任务不是为了干下几碗饭，口味必然不能重油重盐，这方面翠湖宾馆做到了，值得肯定；二是就餐环境和服务要舒适。商务应酬也好，接待游客也罢，环境和服务同样重要，翠湖宾馆这一项没得说；三是菜品要创新。如果吃传统菜，人家到做传统菜的餐厅去好了，所以必须大胆创新。菜品的创新，经常又遇到"是否正宗？""还是不是滇菜？"的质问。

　　其实无需理会这些质问，那些所谓"正宗"，追溯它们的历史，也不过百年，百年前的前人，与他们百年前的古人，吃的东西是一样的吗？好吃才是硬道理，虽然好不好吃是一种主观体验，但跨地域甚至国际化的美食，都有一个共同点，那就是充分认识食材，烹饪上扬长避短。比如翠湖宾馆的黑松露酱虾仁，认识到中国松露香味不足，采用黑松露酱，大分子物质变成小分子物质，味道因此容易被味蕾和嗅觉受体捕捉到，发酵又将香味放大好多倍，就是扬长避短。

相反，芭蕉叶蒸鸡枞菌，就忽视了鸡枞菌的氨基酸必须与钠离子结合才可让鲜味释放的道理，这是对食材认识不足。我们不能要求师傅们都如科学家般分析食材，师傅们主要靠摸索总结经验，一道受称道的菜，是师傅们不断试错的结果，但一定是符合科学烹饪的，如果有科学烹饪指导，不就省下不少试错成本了吗？

据说昆明有三家黑珍珠一钻餐厅，代表着昆明最高的水平，翠湖宾馆的中餐厅翠湖轩就是其中一家，我刚好有机会吃了一顿，所以用最挑剔的眼光吃的这顿饭。客观地看，这家餐厅无论环境、服务，还是菜的出品，还是配得上黑珍珠的，特别是敢于创新，不管口味上我喜欢不喜欢，都应予鼓励。当晚是十桌的宴会菜，评价宴会菜，可以更宽容一些。昆明是我特别喜欢的城市，因为这里有非常好的高尔夫球场，对我这个高尔夫球迷来说，昆明就是"圣地"，如果也有我喜欢的美食，那是多么的完美！

滇菜从地方菜走向全国，走向国际，这是一个不断探索的过程，我特别欣赏北京的一家滇菜饭店——泓0871臻选云南菜，他们十分大胆，选用云南食材，大胆吸收其他菜系的表现手法。他们选用其他地方的食材，则用滇菜风味来表达，在那里的每道菜，都可以看到云南的"身影"，又可以尝到其他菜系的优点。

云南是中国的云南，云南也是世界的云南，开阔的视野，大胆的创新，又有深厚的功底，传承与创新，结合得那么自然。遗憾的是，北京不是云南，那里的微生物菌群不一样，滇菜最精彩的一面——微生物菌群对食物的干预，离开云南，无法复制。

云南拥有全国最顶端的食材，相信滇菜除了云南人民喜欢，也会让全国人民喜欢。美食的体验，本来就是很主观的，我的个人意见，不一定正确，能够引起云南美食界的重视，荣幸之至。衷心祝福云南越来越美，滇菜越来越受欢迎！

# 4. 川菜的农家乐

到成都，凤凰网安排了一系列得奖餐厅，凤凰网买单请客，老板和主厨不敢不重视，作陪的作陪，下厨的下厨，好食材加好功夫，怎么可能不好吃？活动结束，因《吃的江湖》成都发布会的缘故，在成都多留了几天，美食家杨畅老师和石光华老师问我想吃什么？我说就找苍蝇馆子吧。

杨畅老师直接把我们拉到离成都一百多公里的乐山市杨湾镇，那里有她熟悉的一家农家乐。一路上，杨畅仔细地说着这家乡村小店的好：鸡是家养的土鸡，甲鱼是岷江的甲鱼，鱼嘛，长江禁渔，只能靠钓鱼，钓到什么就是什么，那天有一条大鱼，店家强烈推荐，因为即便是不禁渔的时候，这鱼也可遇不可求。青菜嘛，菜有菜味，瓜有瓜味，都是农民种给自家吃的，现在的农民可精明着呢，种菜也分两块地，一块种给自己吃，一块种给城里人吃……说得我们口水直流。

从高速路上下来，沿着山路弯弯绕绕一个小时左右，农家乐就在岷江边。店不大，三间平房做的包房，大树底下摆着几张散台，两个中年妇女，一个做厨师，一个做服务员。中午吃饭时间，没有别的客人，我们不经意中"包场"了。

　　因为一路电话报行踪，店家看着时间做饭，所以，甫一坐下，马上就有菜上，上来的是一大锅土鸡甲鱼汤。五斤肉炖出来的汤，五个人怎么喝得完？鸡是好鸡，甲鱼更是好甲鱼，长江的甲鱼，一年才长二两，风味是没得说的，肉多汤少，鸡肉和甲鱼的氨基酸和风味物质都到了汤里，富含胶原蛋白的甲鱼裙边，已经分解成了明胶，汤已经表现出黏稠度，这碗汤，鲜味十足；而作为汤渣的鸡和甲鱼，却已味同嚼蜡，可惜了。更大的问题是，我们总共才五个人，太浪费了！这么好的食材，应该分成两种做法，肉多的那部分拿来炒，骨头多的部分拿来炖汤，既照顾到汤的美味，也可以吃到土鸡和野生甲鱼的本味。

　　可遇不可求的"大鱼"上来了，一看也就一斤左右。岷江江流湍急，鱼儿每天都在与激流较劲，在这种环境下找吃的，真不容易，能够长到一斤，更是罕见。虽然叫不出名字，但清蒸保留了鱼的原汁原味，因为新鲜，所以不腥，火候极佳，酱油也是浓香酱味，又鲜又甜，又滑又嫩。

人的味蕾由蛋白质组成，味蕾受器非常细小，只能感知小分子物质，自然地，对质感细腻的食物，就会向大脑发出"我喜欢"的信号。大脑的判断就是"好吃"，相反，对粗糙的食物，就认为"不好吃"，这种天生的价值判断，是人类基因里与生俱来的。

如今，因为健康需要，大家也开始吃一些粗粮，粗粮粗糙的口感，味蕾受器其实也是不接受的，只是我们主观给大脑灌输了"这东西有利健康"的意识，经过咀嚼才可以咽下去，说它是美味，实在有违良心。

淡水鱼一般都有细腻的口感，因为它不像深海鱼，它没有星辰大海，没有诗和远方，不需要长出一身健壮的肌肉去长途跋涉。鱼确实太好吃了，不一会儿就被我们消灭掉，又加了黄辣丁，一样也以细腻见长。这两种鱼，一鲜一辣，都一样细嫩，好吃！

青菜有两种，素炒丝瓜和素炒番薯叶。农家蔬菜受追捧，有人说只要用开水烫，味道都很好，这不可信。蔬菜的味道，来自萜烯类、酚类、硫类、醇类、醛类化合物，这些化合物与下不下肥、下农家肥还是下化肥固然有关，但这些化合物要变成菜味，与萃取方法关系更大。简单地说，如果烹饪方法不当，再好的有机蔬菜也没有菜味。这些化合物的积累，需要土壤、阳光和水，贫瘠的土地不利于蔬菜营养的积聚，但没有证据表明下农家肥比下化肥会让这些化合物增加，这里面的所谓区别，更多的是心理因素。

如果说有区别，那是新鲜度的区别，蔬菜几乎一采收便开始变质，只有几个是例外，比如洋葱和马铃薯，这是因为蔬菜细胞失去了营养源，只能消耗蔬菜本身的养分。另外，蔬菜表面和空气中的微生物，会加快蔬菜的腐坏速度，从而产生令人不愉快的味道。在农家乐吃到的蔬菜，现摘现煮，所以好吃，但这与使用不使用化肥无关。

长势良好不缺肥的新鲜蔬菜已经是好食材了，但烹饪方法也很重要，很遗憾，这家农家乐这两道蔬菜不合格：丝瓜切得太薄，一煮就过了，软绵绵的，既不能让牙齿感知它的存在感，也因为香气挥发而缺失了风味；番薯叶由于油不够而带有涩感，从翠绿变成褐色也影响了食欲。

大部分蔬菜原来的风味都比较清淡，烹调可以让滋味变得浓郁，这是因为热会破坏蔬菜的细胞壁，细胞内容物就很容易溢出，从而被我们的味蕾受体所捕捉到。加热还会助长各种氧化酶的活性，促使细胞内容物彼此混合，从而产生新分子，构成新的芳香成分。但是，如果加热过了，有些芳香分子也会挥发，这就是丝瓜薄切久煮后风味缺失的原因。

有一些蔬菜会有涩感，那是鞣酸的作用，脂肪可以延缓鞣酸和唾液蛋白质的初期黏合，所以，涩的蔬菜必须下重油。但城里人到农家乐，又很在乎健康，炒番薯叶不敢下重油，所以涩。至于颜色变为不好看的褐色，那是火候不够猛，炒的时候释放出的氢离子把叶绿素中的镁离子赶走，光线照到镁离子反射出来的是绿色，镁离子不在了，就变成褐色了。

农家乐受欢迎，倒不是因为"高手在民间"，讲烹饪技艺，城里高手才多。大家喜欢农家乐，主要还是食材好，新鲜。此外，从喧闹的城市到安静的农村，换了个地方，换了个心情，再加上三五知己，这样的心情，吃什么都觉得好。而且，一结账，比城里便宜多了，心里那份美，远超美食带来的愉悦感。

美食大家陈晓卿老师说，美食关乎生物学、物理学、化学，美食还关乎经济学、心理学，唯独与美食没有关系。农家乐，就是最好的例子，没有好心情，如何品美食？

# 5. 川菜的传统、现在和未来

应凤凰网之邀，到成都考察川菜。凤凰网推出金梧桐美食榜单，越来越被市场认可，他们的号召力也随之而来，为我们安排的有云、许家艺创菜和银锅三个餐厅，可以说分别代表了川菜的传统、现在和未来。

## 有云

有云由川菜大师张元富师傅主理，展现的是现代川菜宗师蓝光鉴的蓝派川菜。1883 年，蓝光鉴出生于成都。晚清时，成都官员间流行家宴，清廷御厨、满族人关正兴创办了正兴园，推出了川版的满汉全席，并组织厨师队伍上门做菜，这种方式被称为"冷包席"。

时年 13 岁的蓝光鉴拜关正兴为师，16 岁即可单独上灶烹饪，曾领掌妙做百桌宴。后来正兴园倒闭，蓝光鉴带着师兄弟们一起创业。关正兴说服商人戚乐斋，出资 300 块大洋资助蓝光鉴。于 1911 年底，"荣乐园"诞生，就是在今天成都的东风路兴隆庵，28 岁的蓝光鉴迎来了自己的时代。

蓝光鉴被后人尊为"现代川菜之父"，在于他一方面继承了正兴园集合流派的官府菜，一方面收集各地民间美食，不仅在当时餐馆规模最大，且在 20 世纪 30 年代推动守正融合系列创新，被称为"川菜正宗"。创制的 300 多道川菜，开创了川菜崭新的局面。

张元富师傅是中国元老级川菜大师、荣乐园第二代传人王开发的徒弟，算起来他是蓝光鉴川派的第三代。他不仅继承和研习蓝派川菜，将"有云"办成蓝光鉴川菜美学陈列馆，还让已消失多年的荣乐园包席宴在川菜中心全面复现。

川菜以清鲜见长，以麻辣著称，那种只见麻辣不见清鲜的，是丢了川菜的本源，"有云"的蓝派川菜，为川菜正本清源。这席包席宴，以蜜饯、水果、干果、糕点作为开席盘，大家喝茶聊天吃点心，重现了晚清宴席的标配；人齐入席，先来一个糖碗，一人一小碗老鸭海参粥，这算给胃垫底，等一会儿喝酒，胃里有点东西，不难受。

十二道凉菜：怪味鸡片、蒜泥白肉、椒麻鹅片、葱酥鳗鱼、糖醋排骨、陈皮兔丁、舍不得拼鱼子酱、酸菜呛蕌头、姜汁豇豆、烧椒非遗小皮蛋、美味香菇、酸辣凉面，有辣有酸、有咸有甜，只要每一道都尝一口，基础上就吃饱了，只能感叹古人真能吃。

头汤是口袋豆腐，展现的是川菜的奶汤。川菜的奶汤，用鸡、鸭、猪肘、肚、蹄等旺火熬制，中途不闪火，不加水，成品浓白如奶，香鲜浓厚，其原理是炖出肉和骨头中的脂肪和蛋白质，脂肪与水不相溶，一般情况下会形成一层黄色的油浮在上面，但有了蛋白质，蛋白质里的疏水氨基酸抓住脂肪，蛋白质里的亲水氨基酸抓住水，这样就形成了无数分散于汤水中的小油滴，光线一照射，反射出来就是奶白色。这道汤，用了酥肉和煎鸡蛋、煎豆腐熬制奶汤，脂肪、植物蛋白、动物蛋白都有了，奶白得仿佛可以下奶。

热菜共十道：肝油鲍鱼、雪花鸡淖、软炸荷花、白菜元子、竹笋菇烩芦笋、红烧牛头方、古法蒸黄鱼、苕菜狮子头、干煸鱿鱼丝、回锅甜烧白，都是一百多年前的菜，突出的是鲜和香，几乎不见麻和辣，与我们印象中的麻辣川菜大相径庭。这些菜有个特点，都以软糯口感为主。晚清，能吃上这些豪华宴席的，都是达官贵人，上了年纪的人，牙口不好，菜品必须软糯。美中不足的是，热菜必须突出热气腾腾的温度，也许是场地太大，包房离厨房太远，这些菜都缺了些热气腾腾。

够丰富了吧？且慢，好戏还在后头。跟着上来的是两个中点：酸菜水饺和糖油果子，酸让人开胃，而人一旦见到甜，明明肚子已经装不下了，大脑还是会发出信号：也许可以试一下。你忍不住把这两道菜又吃了。记住，这只是"中点"！马上上来的尾汤藏上冰泉一口汤，以帮你清清喉咙之名，行彻底把你吃撑之实。

　　川菜的清汤，用鸡、鸭、排骨、火腿等和清水，先旺火去沫，再小火煨，用红茸子扫汤，成品清澈见底，味美清鲜。奶汤是想方设法把脂肪和蛋白质赶出来，所以用猛火加速搅拌，而清汤只取肉里呈鲜味的氨基酸，把脂肪和蛋白质赶走，所以用小火。红茸子扫汤，就是用脂肪最少的里脊肉或鸡胸肉剁成泥，放进汤里，肉泥遇热凝固，把汤里的脂肪和肉碎都吸附了，再把凝固的肉饼取走，汤里就只有氨基酸了，所以又清又鲜。这碗汤喝下去，菜和汤估计已经顶到了胸口，但是，还有两道随饭菜：回锅黑猪肉和热拌空心菜，所谓随饭菜，就是说就着米饭吃才香。好吧，你要是还能吃得下，我不仅扶墙，还服你！

**许家艺创菜**

如果你对川菜的印象还是麻和辣，那么，你必须品尝一次由川菜大师许凡主理的许家艺创菜，"如意宴——川菜的二十四味型"。这个如意宴，可以代表川菜的现在。

川菜是全世界味型最丰富的菜系之一，也是最早提出"味型"这个概念的菜系。1981 年，四川省组织成渝两地专业厨师和饮食文化研究者，经过 4 年的系统梳理，1985 年出版了我国第一次全面介绍川菜文化、饮食历史、烹调技艺和相关烹饪科学知识的工具书《川菜烹饪事典》，1995 年修订再版，川菜 24 个基本味型概念得以定论传播，如意宴就是对川菜 24 味型的完美呈现。

开餐前先奉茶，雅安蒙顶甘露绿茶，开宗明义"这里是四川"。一长条茶案上，摆上糖油果子、火腿蛋苕酥、合川桃片、黄老五花生酥作为四干果，时令水果拼盘作为四鲜果，一边吃小点一边喝茶师沏的三十年普洱，这个迎宾候客程式，豪华又亲切。

宴席开端，上来一蜀漆提盖，黑红主色，回首龙纹，灵感来自战国时期成都"商业街"出土的漆器纹。揭开来，五道凉菜：麻酱味的麻酱汁翡翠片、红油味的红油蒜泥腰卷、芥末味的芥末汁鲜芦笋、泡菜味的泡菜汁白玉脆、陈皮味的陈皮灯影牛肉，看似简单的凉菜做得就像一个小乐章，命名五福，既是五种口味，更是五个音符，这个前奏，内容丰富。

凉菜之后是三个下酒菜，酱香味的许家自制酱鸭，将野鸭以酱香味烧制，陈香应景。四川人说的甜面酱，由面粉发酵而成，常与五香一起烧制食材，芝麻香油令浓香更醇厚突出，甜咸相称，有鲜活不死咸的酱香；怪味的七滋八味脆肉，麻辣咸鲜酸香甜，谁也不冒尖，但又说不出是什么味，确实是怪味；蒜泥味的蒜泥汁顺风耳，蒜泥味是以红酱油为基础，猪耳朵软骨脆爽不腻，作为下酒小菜，更见趣味。

汤品是咸鲜味的清汤仔鸡豆花，"唱戏的腔，川菜的汤"，川菜中的清汤，经历鸡汤慢炖、吊汤、扫汤三道步骤，是咸鲜味型的代表。鸡豆花是鸡胸肉剁成茸后与蛋清合体形成的嫩似豆花的蛋白团，吃鸡不见鸡，仿若浮云飘在清汤之中，这是中国版的分子料理。

主菜共两道，青辣味的青辣汁翘壳鱼，以大量绿色二荆条辣椒、新鲜青花椒、藤椒油，混合出不同层次的辛香，交织成清新的麻与辣，绿得层层叠叠。大型野生翘壳鱼，也叫翘嘴鱼、白鱼，肉质细腻，脂如白玉，以奇香沁人的青辣味烹之，回味甘鲜，气势十足；随之而来的清口菜——鱼子酱鲜笋甜虾，又让口腔清润了一番，为下一轮菜做好了铺垫。

紧跟上来的十一道"行菜"，一点也不含糊。

椒盐、烟香味的糯米樟茶鸭脯，包含樟茶鸭和糯米鸭两种川式鸭菜，椒盐味和烟香味两种味型。

酸辣味的酸辣面鱼子拼牛肉焦饼，手工刮出的面团子，形如鱼儿，筋道十足，用泡菜熬出酸辣汤来煮，热辣暖胃。椒麻味型的牛肉焦饼，以大红袍花椒香油、生菜籽油以及新鲜葱叶，拌入牛肉末作馅，饼身炸至圈圈焦酥香麻，鲜香麻辣。

家常味的家常蜂巢松茸，以当季的松茸配以"家常味"这一最是家常下饭的味型，融合出柔和的咸鲜香辣。

原味、淡甜味的冰镇九年百合，用极品的九年百合，肉厚味甜，冰镇后点上桂花蜜，味清心甜，遗憾的是生吃百合，百合里的淀粉未经加热糊化，人体无法消化吸收，在口腔里也有颗粒感。

烧椒味的东坡烧椒牛肉，辣味十足，用东坡命名，算是顺便给四川老乡苏东坡一个额外的荣誉吧，须知辣椒出现在中国，那还在苏东坡作古后几百年。

鱼香味的鱼香西昌河虾仁，"鱼香味"是我最喜欢的川菜味型，以姜葱蒜末为基础，将鱼辣子之香气与辣味小火炒至油中，再加入酱油、糖与保宁醋调和出带有鱼香、先酸后甜的回味，给爽脆鲜甜的虾肉裹上奇香。

糟香、葱香味的亚东木耳拼小蜜豆，以糟香、葱香两种单纯而悠长的味型来展演蔬菜的鲜甜。亚东木耳，肉厚富弹性，用醪糟发酵的醇香引出木耳的鲜爽。四川的葱香味型使用葱白与葱叶，辅以姜末，葱白取其浓香，葱叶取其清新，以热油激出飘香，炼成葱油，以此为菜肴调味增香，将硫化物的香味发挥到极致。

麻辣、甜香味的麻婆豆腐饭拼甜烧白，花椒面和辣椒面的麻辣，郫县鹃城豆瓣酱的香辣，豆豉的咸鲜，被花椒油和红油茨汁稳稳捆在豆腐里。遵循古法用的牛肉臊子酥到有点焦香，豆腐与豆瓣、豆豉的呼应，简直是豆类大家庭的团聚。麻辣之后，峰回路转到甜香味型的甜烧白，安抚了被麻辣强攻了一番的味蕾，很是安逸。

清香味的纯水煮青菜心，算是漱了个口。

煳辣、荔枝味的宫保大连生蚝，扑鼻而来是干辣椒、花椒高温升华后的迷人呛糊香，与酥炸的大连生蚝的鲜结合，浓厚香醇，后韵引出清纯俏皮的甜酸荔枝味。

姜汁味的姜汁山苏叶，山苏叶的清甜与姜汁的温暖，很是体贴。

最后的回韵，是纯甜味的甜品葛仙贡米炖雪莲。天山雪莲汤体滋润，产于湖北恩施鹤峰的葛仙贡米，带有蓝藻的幽微咸鲜，以山中野蜜简单提味，作为结尾，巴适得很！

这顿以展现川菜 24 种味为主题的如意宴，味道全面、菜式丰富、器皿华丽，灵感来自如五代十国时期南唐画家顾闳中的名画《韩熙载夜宴图》。韩熙载是南唐的中书侍郎，他是妥妥的美食家一枚，这事北宋陶谷的《清异录》写得明明白白：江南紫薇郎熙载，酷好鳗鲡。庖人私语曰："韩中书一命二鳗鲡。"连厨师都说用两顿鳗鱼就可以换他一条命，简直就是鳗鱼的狂热爱好者。

《韩熙载夜宴图》是后主李煜叫顾闳中画的，据《宣和画谱》记载，说后主李煜欲重用韩熙载，又"颇闻其荒纵，然欲见樽俎灯烛间觥筹交错之态度不可得，乃命闳中夜至其第，窃窥之，目识心记，图绘以上之"。

李煜把他声色犬马的生活画下来，目的是什么呢？《五代史补》做了如下说明：韩熙载晚年生活荒纵，"伪主知之，虽怒，以其大臣，不欲直指其过，因命待诏画为图以赐之，使其自愧，而熙载自知安然"。

我倒是挺理解韩熙载的，国将不国，又能如何？美食当前，最能解忧。况且，韩熙载善宴客，也立下过汗马功劳，就是那位说韩熙载是鳗鱼狂的陶谷，当时作为北宋的高官出使南唐，韩熙载负责接待工作，他让歌姬秦弱兰扮作驿馆服务员，布衣裙钗，每天在陶谷下榻的馆驿内晃荡，终于成功地色诱陶谷达到目的，陶谷还乘兴作艳词《春光好》相赠：

> 好姻缘，恶姻缘，奈何天，
> 只得邮亭一夜眠？别神仙。
> 琵琶拨尽相思调，知音少。
> 待得鸾胶续断弦，是何年？

拿到证据后，南唐开始与北宋正式外交会谈，南唐将秦弱兰当王炸亮出，并当众演唱《春光好》，陶谷猝不及防，羞愧难当。陶谷外交使命没有完成，铩羽而归，这件绯闻也影响了陶谷的政治前途，令其终生不受重用，只好潜心写出笔记小说《清异录》，为中国美食留下精彩的记录。这些美食宴会故事，声色犬马，又刀光剑影，幸好现在的美食宴客，不至于如此！

## 银锅椒宴

如果说有云是把传统的蓝派川菜复原，许家艺创菜是将现在川菜24味完整呈现，那么，银锅的椒宴，则是年轻的川菜餐饮人对川菜未来的大胆探索。

老板周子铃的美食视野开阔，足迹遍及全球，对世界高端食材和烹饪手法了然于胸。她选取果大色红的汉源花椒，通过蒸馏萃取花椒露和花椒精油入菜。在烹饪技法上，秉承对自然规律的尊重，以贡花椒为主线，针对不同的食材，采取不同的料理方式，配以四川各地的青花椒、藤椒、山胡椒等以各种形态入味，让食材在交融花椒风味的基础上展现出更多的可能性，使其发挥出食材最饱满的状态。

第一篇"闻香"，主题是突出嗅觉感知花椒之香，共六道菜：红油姜汁味的红油姜汁菠菜、酸辣复合味的鸡汁萝卜丝、椒麻复合味的灯影鱼片、麻辣味的芝麻鳝丝、烧椒味的低温俄罗斯大扇贝、原味的龙泉仙桃炖花胶；

第二篇"交融"，突出触觉感知花椒之麻，让花椒之香与食材深度融合：椒盐味的核桃虾糕，核桃的香和虾糕的鲜，与椒盐和麻香简直就是放大效应。用海南和牛做的麻辣味水煮和牛，加了两滴花椒精油，反而减少了辣却增加了香；

第三篇"狂欢"，将麻香推向高潮：家常味的家常烧麒麟鱼，选取夏季当季鲈鱼，用日本立鳞烧的做法，鱼肉鲜嫩、鱼鳞酥脆。烟香味的土罐贡椒叶熏烤乳鸽，将花椒的香味通过烟熏入味。藤椒味的糟椒鱼面，以鱼肉成面，川菜的精致，尽显本色；

第四篇"回归"，味道回到清雅，原味的清鸡汤蒸鸡枞菌、甜香味的荷塘月色，选用当季食材，这两道川菜，淡雅得很。最后是甜品，甜香味的贵腐酒煮阿坝雪梨，将跳舞的舌尖回归平静。这顿椒香夏宴，以花椒为主题，食材来自五湖四海，做法、盛器别出心裁，把花椒之美演绎出另一种风情。

川菜不只是麻辣，更不是简单粗暴，它的精致和多变，可以登顶，任何菜系在它面前，都不敢傲视。

# 6. 广州酒家民国粤菜宴背后的科学

　　岭南美食文化研究专家周松芳博士，历经几年寻找资料，整理出民国时期的粤菜，由他一己之力编撰的《民国粤味：粤菜师傅的老菜谱》，就要由广东旅游出版社出版了。一个湖南人，不远千里来到广州，潜心研究粤菜文化，这是一种什么精神？

　　松芳兄与我私交甚笃，闲聊中说有一个愿望，就是希望能让民国时的部分粤菜能重新出现在餐桌上，我就将任务揽了下来。仅仅纸上谈兵，这就是个艰巨的任务：首先必须通读书稿，其次是从中找出已经消失了的菜，三是再从中挑选出有价值的部分，四是尽可能找出这些菜的详细做法。

　　更艰巨的任务落到了广州酒家的研发团队头上，对传统粤菜的理解与演绎，舍广州酒家又有谁？经过几个月的试验，一桌"民国粤菜"终于横空出世，我与周松芳博士有幸作为"试吃员"，吃到了第一顿。感觉如何？岂是"惊艳"二字可概括的？精益求精的赵利平总经理说还要微调，择时再推出。既然还未定味，今天我们就不聊味道，只聊这桌民国宴背后的科学。

**八宝蛋**

　　凉菜的八宝蛋，将鸡蛋液取出来，加瘦火腿、冬笋、鸡肉、虾米、冬菇、香芹、葱白、核桃肉，再放进鸡蛋模具中蒸熟。鸡蛋本来的味道比较温和，没有什么惊艳之处。蛋白贡献的是硫黄味，在蛋白温度超过60摄氏度时，蛋白质的折叠结构开始展开，暴露出硫原子，与氢原子结合，产生少量硫化氢，这就是蛋味。当温度达到62摄氏度时，蛋白凝固，继续加热，蛋里的水分逐渐流失，硫化氢就越多，产生令人不适的臭鸡蛋味。蛋黄贡献的是氨的味道，如奶油般的淡淡的甜味，蛋黄在68摄氏度时凝固。从味道到口感，以62~68摄氏度为佳，这时的鸡蛋，蛋味十足，嫩滑如脂。当蛋黄到了82摄氏度，大量的硫化氢也在蛋中产生，臭鸡蛋味也更浓了。

　　如何让蛋有蛋味但没有臭鸡蛋味？诀窍就是控制硫化氢的含量，而控制硫化氢的含量，方法有二：一是控制温度；二是对鸡蛋进行稀释。八宝蛋给鸡蛋加了这么多东西，就是稀释，而且，火腿、虾米、鸡肉提供了谷氨酸和核苷酸，冬菇、冬笋提供了天门冬氨酸，鲜味提高了二十倍，所以好吃！

### 会瓜皮虾

　　将虾干冷水浸透，再将黄瓜洗净去瓤，切薄片，用盐拌透，以白醋腌酸，临用时去酸醋汁，加白糖拌匀；又将海蜇洗净沙泥，冷水浸透，下滚水一浸，取起切丝，用麻油同瓜虾拌匀上碟，香美爽脆，很是开胃。

　　凉菜的任务，一是为需要时间烹饪的热菜争取时间，有东西吃，二是开胃，为接下来的大餐打开味蕾，这道凉菜具备了一道凉菜的一切优秀品质：酸黄瓜的氢离子刺激味蕾，唾液因此分泌，所谓"口水流了一地"，就是胃口大开的信号。盐腌糖渍，这是让黄瓜脱水，黄瓜因此变得酸脆。虾干浓缩了虾的谷氨酸和核苷酸，因此鲜得发甜，海蜇头的脆是可以让牙齿发生共振，这种既鲜又酸又脆的复杂口感，旁人说什么，也无法听见了。

## 太史田鸡

这是"岭南近代四家"之一,入过翰林院,当过末代皇帝溥仪老师的梁鼎芬太史的家厨所制,用田鸡与火腿炖汤,再用这啖汤来扣冬瓜与田鸡腿,田鸡腿则先走过油。这味菜,妙处在清与鲜,是当时权贵的名馔。现在不给吃田鸡了,只能改用牛蛙,肉更多,味也还好,研发团队为了不让其味道减损,加了干贝。

上汤是粤菜的灵魂，各种肉炖煮出来的汤，萃取了肉中绝大部分的香味物质和氨基酸，除了鲜之外，使用不同的肉，也就具备了不同的香味。由火腿萃取出来的上汤比新鲜猪肉汤更鲜，那是由于猪肉在腌制时，蛋白酶对没有味道的大分子蛋白质进行分解，产生了具有鲜味的小分子氨基酸；用火腿炖出上汤会更清，那是因为经腌制后的猪肉水分挥发，蛋白质和脂肪分子更紧实，不容易被析出。

浓汤产生的原因有二：一是蛋白质和脂肪的大量参与；二是肉碎的析出，这两种情况都不会出现在火腿上汤中。无论是田鸡还是牛蛙，脂肪含量都不高，这样炖煮出来的汤，只有香和鲜，并突出了清。

冬瓜的主要成分是水和植物纤维，为冬瓜味道做出贡献的是冬瓜所含的谷氨酸、天门冬氨酸和鸟氨酸，每 100 克冬瓜才含 0.4 克蛋白质和 0.2 克脂肪，这就是冬瓜"清"的原因。这样的一个组合，鲜、香、清具备，很适合夏天喝。


## 扒大乌参

将乌参洗净，用开水氽透捞出，加入鸡、火腿、干贝（用小布包好）、葱、姜和清水，先用大火烧开，然后用小火煨一个半小时到两个小时，直至将乌参完全燸透烂为止。取乌参及汤，大火烧开，加入酱油、料酒、盐、白糖、胡椒粉，再转微火 10 分钟，取出乌参盛在大圆盘内。将锅内的汁调好味，用淀粉勾芡，淋上鸡油，浇在乌参上，撒上上等虾籽即成。

乌参是产于海南岛南部及西沙群岛一带的热带光参，肉壁厚实，涨发后柔软肥糯滑嫩。海参味道寡淡，如何让它入味，是烹煮海参的关键，鸡、火腿和干贝贡献了谷氨酸和核苷酸，长时间地煨，鲜味进入乌参中，乌参相对疏松的分子结构，也是它更容易入味的关键。

酱油、料酒、盐、白糖、胡椒粉为乌参进一步调味，淀粉水勾芡，淀粉糊化后形成一张网，既限制了香味的挥发，也限制了酱汁的流动，入味的乌参沾着酱汁，因此唇齿留香。我们口腔的触觉也参与了对美味的感知，大凡营养丰富的食物，都因富含胶原蛋白而表现出糯，软糯的食物，在味蕾中停留的时间长，美味且持久，这就让人产生幸福感。你说这样的食物不好吃，吃的人都跟你急！

## 红焖大簇翅

这是一道费工夫又费食材的菜。

第一步是发翅。将翅边剪齐，用清水浸，再用滚水焗，取出轻轻刮去沙；用疏青竹簸将翅夹着，放在瓦炖盆里加清水煲，之后漂清水，继续去沙，并去掉翅骨以及夹心筋；再用竹簸将翅夹着，放在瓦炖盆里加清水煲，煲了换水再煲，反复多次，至清除灰臭味为止。

第二步是滚煨翅。这是第一次给鱼翅入味。用竹簸将翅夹着放置锅里，依次用清水，加姜块、料酒等，把翅冲几次。然后起锅将葱爆香，下上汤（汤以浸过翅面为度）将翅煨透，取起滤干水分。在滚煨翅时，要用瓦片将翅轻压着，以免翅露出水面，滚散或者滚煨不着。

第三步是焖翅。这是第二次给鱼翅入味。将滚煨好的翅从中破开，用竹箅分两头排开、夹好，依次放入老鸡、鸡脚、猪手和翅，将瘦肉、鸡油加放在翅面，然后加入上汤，用慢火焖好至翅粘为好。

第四步是上翅。翅焖好后，去掉老鸡、鸡脚、猪手、瘦肉、鸡油等，将翅取出，用特大椭圆形银汤盘盛载，疏松造型，然后猛火起镬下猪油，烹酒，加入原汤、顶汤、火腿汁、精盐、味精、胡椒粉等，至微滚时，用上等酱油、湿马蹄粉推金黄芡，加入包尾油分两次淋在翅上，裙翅中间横间一行火腿丝；另煸炒银针，分两小盘，面上撒火腿丝，跟裙翅上席便成。

鱼翅本身没什么味道，用这么复杂的工艺，这么充足的配料，目的都是为了入味，这符合袁枚所说的"有味使之出，无味使之入"的原则。鱼翅受人青睐，顶峰时期就在清末民国初这段时间，彼时以谭延闿、梁鼎芬为首的美食家，几乎每天必吃，大三元酒家更是以六十大洋一碗大裙翅名扬海内外。

焖煮得当的鱼翅，糯中带脆，糯使人有幸福感，而脆让人心情愉悦，再想到丰富的营养，传说中的功效，仿佛吃着吃着就见效了。在大三元推出六十大洋一碗的鱼翅之前，清末广州西门卫边街已经有一家联升酒楼推出干烧鱼翅，也是六十个大洋一份，这从清光绪拔贡南海人胡子晋的《广州竹枝词》中"由来好食广州称，菜式家家别样矜，鱼翅干烧银六十，人人休说贵联升"中可以看出。如今将这一名誉一时的红烧大箅翅重新演绎，值得一试！

## 网油蚝脯

据《家》1947年3月号第14期载："蚝脯须选新者为佳，陈者则历时过久，肚油变味。取蚝脯先用水滚一过，如蚝脯极新，身骨未干者则不须滚，可以冷水浸透，洗净沙泥，然后用姜汁酒下油锅炒过，再用猪网油膏把蚝脯逐只包裹，下油镬炸过，以上好原豉酱加蒜子三粒，捣至极烂，与蚝脯拌匀，放瓦钵内加绍酒二三两隔水炖脸，味甚浓厚甘美。"

蚝富含氨基酸，极鲜，蚝脯根据含水量不同分为两种——半干湿的称银蚝，干的称金蚝。蚝的晒制过程，脱水让蚝不会腐败，口感也因而变得有嚼劲。同时，失去营养源的蛋白酶对蛋白质进行分解，产生大量鲜味氨基酸，这就是蚝脯比生蚝更鲜的原因。

用猪网油包着炸，这是让蚝产生美拉德反应，高温下大分子的蛋白质迅速分解为小分子的氨基酸。调味后再隔水炖，这令氨基酸进一步释放，蚝脯吸收更多的酱汁，口感也由干硬往绵软转化。

生蚝晒制成蚝脯的过程，不可避免地产生了腥味，这是因为生蚝里的氧化三甲胺转化为三甲胺和二甲胺，酒和姜、蒜参与烹饪，既给蚝脯增加了香味，乙醇和硫化物遇热挥发，也带走了部分腥味的元凶——三甲胺和二甲胺，又赶又盖，腥味基本就感觉不到，只剩下极鲜的蚝脯。这个菜，适宜一口菜一口酒！

## 蟹烧紫茄

按民国时的资料，其做法是：先将蟹蒸熟拆肉，用嫩紫茄刨去皮约大半，切长丝或如马耳块，下油镬炒熟取起，用蒜蓉、浙醋、白糖调匀后，下蟹肉和"宪头"落油镬滚匀，淋上茄面上席。

广州酒家研发团队对这道菜进行改良，改炒茄丝、茄块为炸茄盒子，这是一个非常不错的思路。茄子，很容易入味，这得益于它的分子与分子之间有大量的气孔。但气孔过多，遇热又容易塌陷缩小，这就影响了菜品的卖相。这次广州酒家用茄盒的形式表达，由淀粉包住茄子，给茄子加了一层保护伞，坚挺得很；茄子有各种颜色，紫色、青色、白色、青紫色……这主要是茄皮中所含色素茄色甙、紫苏甙、花青素、叶绿素、类红萝卜素等的比例不同所决定。

茄色甙、紫苏甙和其他色素又会在不同的温度和环境下使颜色产生变化，选用紫茄，紫袍加身，与如白玉般的蟹肉互相衬托，让人食指大动！用蟹拆肉入菜，这在民国时奢侈得很，甲壳类海鲜比鱼更鲜，那是因为鱼是通过氨基酸和氧化三甲胺来平衡海水的盐度，而甲壳类海鲜只是通过氨基酸来平衡海水的盐度，所以含量更高，鲜味更足。整蟹蒸熟后再拆肉，这有利于保存更多的氨基酸，因为蟹壳本身就含有不少氨基酸，它还起着保护蟹肉里氨基酸不流失的作用。

民国时期的粤菜，是粤菜形成的最重要时期，也是"食在广州"这一口碑唱响的时候，这背后，是粤菜大师们经过多年实践摸索出来的一套符合现代烹饪科学的技法。泰山不是堆的，粤菜也不是吹的，广州酒家把丢失的民国粤菜找回来，极大地丰富了现代粤菜，"食在广州第一家"，舍我其谁？！

# 7. 江南渔哥，熟悉的味道

　　广州的江南渔哥，如火如荼，但总部在杭州的江南渔哥还真没吃过。蔡哥热情邀请，让我去一趟杭州，他陪我到宁波走走，品尝东海的美味。我是极不喜欢挪窝的人，离开广州，总觉得不安逸，这次因好酒好蔡准备到杭州开店，作为蔡昊大师的粉丝，对他与别人商业合作的判断，我确实放心不下，于是与他去看新店，拜访美食大家陈立老师。24 小时来回，时间有限，蔡昊大师深解我意，约了杭州美食家眉毛老师，一起去吃江南渔哥。

　　飞机难得的准点，到杭州是上午十点多，蔡昊大师叫来了豪华网约车，直奔位于上城区鼓楼十五奎巷的江南渔哥。蔡昊大师把其做菜的精致搬到日常生活中，行程安排、订酒店、约车……一切都周密细致，只有如此细致的性格，才能做出精致的美食，这是我见过最细致的暖男。出乎意料的是，蔡昊和眉毛，都没把这次到访告诉蔡哥，原来，他们到江南渔哥，都习惯偷袭。奇怪的是，每次偷袭都不成功，蔡哥都在，这就是缘分吧。

　　说是突然袭击，只是没通知蔡哥，但眉毛老师还是交代总厨阿森了。阿森拿出了一桌宁波家常菜，这种家常，与我的老家潮州菜居然有几分相似，味道因此而特别熟悉。

　　烤天菜心，滑嫩浓香。宁波的烤菜，就是在锅里通过汤水传导热量，慢火长时间地炖菜，与烧烤无关。这个做法，潮汕菜也有，据潮汕方言专家林伦伦教授考证，写成"焅"，读"ko8 声"，有趣的是，非爆炒类在锅里不是很长时间加热，潮汕话也写成"焗"，却读"ko1声"，比如将饭、菜（通常是卷心菜、胡萝卜、马铃薯或芋等）、肉烩熟，就称为焗饭。

宁波烤菜或潮汕焗菜，这种做法，适合于植物纤维粗的蔬菜或需要长时间加热浸泡入味的菜，像春菜、牛皮菜等，长时间地加热炖煮，可以破坏蔬菜的纤维结构，让这些本来粗糙口感的蔬菜变得细腻，容易入口。像鲫鱼、狗母鱼等多刺鱼类，长时间的炖煮，也把鱼里的骨头炖得粉碎，这样就可以连骨头一起吃掉，省下鱼刺卡喉咙之忧。

这种烹饪手法要用慢火，因为猛火会导致水分过快蒸发，糊了就失败了，反正水的沸点是100摄氏度，猛火并不能使温度增加，只是加速搅拌。烤菜焗菜，也都需要重油，粗纤维的菜一般都有苦涩味，那是生物碱在捣乱，而生物碱遇热遇脂肪分解。宁波离潮汕很远，但这一烹饪方法，却完全一致，其他地方甚是少见。

生腌红膏白蟹，鲜得不忍张开嘴巴，怕它跑掉了。宁波的生腌蟹与潮菜的生腌螃蟹极其相似，都是将水和盐按比例调好，把整只生螃蟹清洗干净后放进去腌制。宁波还有呛蟹，宁波做腌蟹呛蟹，一般有黄酒参与，调味料有少许差别，味觉上呛蟹突出了甜，腌蟹突出了鲜。

新鲜的螃蟹有鲜和甜两种味道，其中鲜味来自谷氨酸、核苷酸、天门冬氨酸和琥珀酸；甜味则来自甘氨酸和丙氨酸、糖原和甜菜碱，甜菜碱化学成分是三甲基甘氨酸，因为在甜菜糖中发现，所以用甜菜命名，这个东西螃蟹和虾也有。

螃蟹死后一小段时间，螃蟹里的蛋白酶会对蛋白质进行分解，没有味道的大分子蛋白质会有部分分解为有鲜味和甜味的小分子氨基酸，并发生轻度水解，螃蟹变得更鲜甜，肉质由爽脆变得绵糯。这个过程非常短，时间一长，蛋白酶对蛋白质继续分解，氨基酸因为失去营养源，会分解为氨，就是厕所的味道，螃蟹发臭；糖原会分解为乳酸，螃蟹因此没有甜味。

呛蟹或腌蟹，由于高浓度盐水的参与，延缓了螃蟹水解和变质的进程，但却让部分蛋白质分解为氨基酸，这就是呛蟹腌蟹鲜甜的原因。这一腌制过程短则几小时，长则一两天，时间过长，螃蟹也就发臭了。当然，冷冻可以大大延缓螃蟹变质的过程，呛蟹或腌蟹放入冰箱冷冻，几个月后再取出来吃也没问题，而且还有冰淇淋的口感，但鲜味降低，这是因为氨基酸在 16 摄氏度以下分子结构不稳定。好消息是甜味突出了，这是因为甜味分子在低温时，不太甜的分子向更甜的分子靠近。

宁波腌蟹呛蟹和潮汕腌蟹制作工艺相似，但因为宁波腌蟹呛蟹加入了黄酒和糖，黄酒本身也有甜味，所以更突出了甜。甜会掩盖鲜味，潮汕腌蟹甜味不冒尖，所以鲜味跑了出来。不仅仅是呛蟹腌蟹，宁波菜偏甜，这是地方的口味偏好，硬要说宁波呛蟹好还是潮汕腌蟹更佳，这既得罪人，也有违科学，只有你自己更喜欢哪个的问题。但这两者就是这么相似，简直就是一对双胞胎！

蟹生腌，鱼生晒，这是宁波菜和潮州菜的又一共同之处，区别只是叫法不同：蟹叫呛和腌，鱼干就叫鲞和脯，宁波菜的鱼鲞就是潮州菜的鱼脯。为什么鱼没有呛和腌这一做法呢？因为鱼身上有一种叫氧化三甲胺的东西，它有一点鲜味和微弱的甜味。鱼死去不久，氧化三甲胺分解释放的三甲胺、二甲胺是鱼腥味的主要来源。此外，鱼油中 DHA 和 EPA 容易氧化，产生的醛酮类物质，也带来不愉悦的风味。如果鱼也像螃蟹一样生腌，腥味太突出，一般人接受不了。把鱼晒干或者风干，只要水分低于 68%，鱼的腐败过程也就停止，但大分子蛋白质分解为小分子氨基酸的过程仍在缓慢进行，这就是鱼干美味的原因。

宁波鱼鲞和潮汕鱼脯制作工艺相似，但两者也有不同。宁波鱼鲞含水量更高一点，更有利于蛋白酶对蛋白质进行分解，产生更多的氨基酸，所以鲜味更突出。潮汕鱼脯含水量更低一些，更有利于贮存，因晒干而产生的特殊"脯味"更突出。

　　宁波人常吃宁波鱼鲞，与宁波人相比，潮汕人吃鱼脯则少得多，一般只在不近海的地方或天气变化不方便出海时享用，或者与萝卜一起煮汤。也正因为常用，无需久存，宁波鱼鲞才可以保留更高的含水量。这道黄鱼鲞猪手鱼丸，集三种鲜于一味，好吃！

江南渔哥的土豆膏白蟹膏白虾煲，把鲜味表现得淋漓尽致，而其中，竟然与分子烹饪的理论完全吻合。虾蟹等甲壳类海鲜的鲜味来自氨基酸，江南渔哥虾蟹连壳一起下锅烹煮，很好地保留了鲜味，这是因为虾蟹的壳就富含氨基酸，连壳煮就是增加了氨基酸。壳的保留，还保护了虾蟹里的氨基酸少点跑到汤里，虾蟹吃起来就更鲜美，这也是白灼虾比炒虾肉更鲜更好吃的原因。

汤也够鲜，这是上汤和虾蟹的组合，鸡和猪骨熬出的上汤，富含谷氨酸，与虾蟹释放出来的核苷酸协同作战，鲜味提高了20倍。宁波菜在烹煮海鲜时喜欢放含淀粉类的年糕、马铃薯、芋艿等，这是一个极好的发明，这些淀粉类的主食吸收了汤汁的鲜，变得更加丰富。而且，这些淀粉类食材的参与，也困住了海鲜里的芳香分子，让菜肴味道闻起来更浓郁。芳香分子大多都有不亲水的特征，这些富含淀粉的食材一经加热糊化，直链淀粉就溶到水里，把不亲水的芳香分子包围在中心，这就减缓了香味分子的释放速度，尝起来就更加浓郁。

这是一个鲜味突出的餐厅，到杭州，不可不去！确实不懂点菜，就按我吃到的这个菜单吧。

冷菜：冷拌香椿芽、蔡有味拌毛肚、宁波烤菜、生腌红膏白蟹；热菜：夜开花鳝丝羹、土豆膏白蟹海白虾煲、黄鱼鲞猪手鱼丸、萝卜丝烧白鲳、雪菜蒸油带（东海带鱼）、咸肉笋片蒸清远北江鳗、雪菜春笋；点心：红酒酿圆子羹。

　　第四篇 / 味兼南北

# 8. 马爹利美食剧场剧透

米其林在中国的赞助商马爹利，携手上海菁禧荟的杜建青师傅、广州文华东方酒店江餐厅的黄景辉师傅、南京香格里拉江南灶的侯新庆师傅父子俩，在国内多个城市举办美食剧场。应凤凰网美食频道总监狗哥的邀请，我参加了深圳站，终于可以一探究竟。

所谓美食剧场，就是在一个布置得如一个小剧场一样的地方享用美食，剧场里有一块大屏幕，在每道菜上来之前，如放电影般把每位师傅做这道菜的灵感和过程，用大片展示出来，食客先看大片，再吃大餐，更好地理解每道菜的逻辑。

这是一个极好的创意，大师傅们创作一道菜是花了心思的，表现出来就是好不好吃、好不好看，食客信息的不对称，往往影响对菜品的评价。把创作灵感和逻辑，甚至做法等信息告知食客，食客会觉得更好吃，这种尝试，很有价值！马爹利也顺便述说了自己的故事，影视的具象效果，更生动、更吸引人，真的是你好我好大家好！

晚宴共六道菜，打头阵的是潮式冻鱼饭。大片里，上海菁禧荟的杜老板操着和我一样的潮式普通话，诉说着他开办上海菁禧荟的初衷——做高档次的潮州菜。潮式冻鱼饭，原本是用低价鱼做的，大片里，也把潮汕鱼饭讲得清清楚楚，包括"潮汕人以鱼当饭故称鱼饭"这一不知谁发明的谎言，也继续以讹传讹。

菜上来了，两块裁得很精致的花仙鱼饭，上面点缀着调过的普宁豆酱，卧在一个精致的竹篮里。摆盘精致，这是形状高档；只取鱼的中间部位，鱼刺剔得很干净，这是取材高档；用的是来自挪威的鲭鱼，花仙鱼在挪威叫鲭鱼，在日本叫池鱼，这个季节挪威鲭鱼更肥美，脂肪更多，所以更香。挪威鲭鱼个头大，也更有卖相，漂洋过海来看你，想想都高档。

这个菜是潮式鱼饭的升级版，上流社会应该会喜欢，不过，我更喜欢用新鲜本地鱼做的鱼饭，一切冷冻的鱼，我都不喜欢：鱼含 75% 以上的水分，热胀冷缩，水是例外，水变成冰，体积会膨胀 9%，把鱼肉的蛋白质、脂肪分子挤破，解冻后的鱼，蛋白质流失，所以不鲜！吃着鱼的中段，我总惦记着被弃一边的头头尾尾……

菁禧荟带来的第二个菜是脆皮金沙参。来自澳大利亚东北海岸由新几内亚岛、所罗门群岛、新大不列颠岛等南太平洋海岛围成的原生态深海海域，在海产行业内被称为"金山海区"，赤道暖流和南极寒流在此交汇，两大海流带来丰富的营养物质，使得这一海域以盛产顶级的珍稀海产而享誉全球。金沙参就生长在这里 30~60 米的深海冷水海域。和黄海、渤海产的刺参相比，澳洲金沙参蛋白质含量及海参皂甙、酸性黏多糖、软骨素等含量更高，营养更丰富，是海参中的极品。

脆皮婆参是现代潮菜开山鼻祖林自然大师所创，菁禧荟用金沙参取代婆参，金灿灿的外观尤其喜庆，用瑶柱、老母鸡等熬制的上汤煨足三个小时，金沙参变得软糯无比，再在220摄氏度高温下油炸，表皮脱水，因此酥脆，油炸的瑶柱丝点缀其上，为它增鲜。学做脆皮参的人不少，这是我吃过的仅次于好酒好蔡蔡昊先生的脆皮参，不错！

第三道菜由黄景辉师傅奉献的松茸焖雪花牛肉。喜欢到处采风、探寻食材、获取灵感的黄景辉师傅，善于"拿来主义"，把不同产地的食材融合成他所理解的味道。来自西藏的松茸、来自澳大利亚的雪花牛肉，在他特制的高汤调配下，形成一道独特的"风景"：松茸的鸟苷酸在牛肉的谷氨酸的激发下，鲜得更丰富；雪花牛肉鲜嫩无比，肉的嫩，有可能是脂肪带来的，也有可能是保留了肉汁带来的，这道菜的嫩，两者都有贡献。

浓且多的酱汁，是西餐调味的形式，黄景辉师傅把这招用在这道菜上，聪明得很，既给这道菜带来浓郁的鲜味，也为这道菜保温，宴会菜的保温是个难题，液体的保温优于固体，这是当晚吃到的唯一一个有温度的大菜！

黄景辉师傅还贡献了第四道菜——海螺片伴冰皮鸡。角螺，是仅次于响螺的海螺，其鲜味不逊于响螺，只是个头比响螺小，登场时没响螺震撼，这是个被严重低估的好食材。薄切的角螺片，在高汤中焯几秒，鲜得封喉，脆得耳鸣。

白切鸡只取鸡皮、一小层鸡肉和皮与肉之间的啫喱层，香、鲜、脆。啫喱层其实是鸡的肉汁，白切鸡的鲜和香，就隐藏在里面。做白切鸡时，鸡肉蛋白质受热收缩，把部分肉汁排挤了出来，被鸡皮挡住，降温使肉汁变成固体，就是啫喱状的东西。只选取鸡红肉部分的薄薄一层，那是鸡凝蛋白，负责鸡持续用力，这些肉脂肪更多，所以味道更浓郁。这道菜要表现的是脆，所以只取薄薄一层肉，多了就影响了脆。脆的来源在脱水的鸡皮，经冰粒冷却，热胀冷缩，把鸡皮的部分水分挤了出来，再经风干，鸡皮就脱水了，因此表现出脆。

第五道菜来自侯新庆师傅的神仙蛋炖鳗鱼。大片里，神仙蛋神奇得很：展现淮扬菜极细腻刀工的文思豆腐是蛋白，南瓜汤是蛋黄，通过分子重构，把它们变成固体，再小心翼翼地放进蛋里……摆在我面前的，却是一个普通得不能再普通的鸡蛋，奇迹并没发生，切开卤鸡蛋白，里面倒是可以看到几条孤独的文思豆腐和一摊黄色的汁液，没有片里所说的液体变固体，连南瓜的味道也不知道哪儿去了。

其实，这几道菜都是由黄景辉先生的团队做的，我请教黄师傅，黄师傅的回答是，我们厨师没做好。一向为人谦恭的黄景辉师傅，其为人可见一斑！

鳗鱼倒是展现了淮扬菜的奇妙刀工，一根鱼刺都找不到，传统的敲鱼，刀锋刀背分工负责，把鱼骨头剔除干净，通过物理性破坏，把鳗鱼的肌肉链切断，貌似完整的鳗鱼，里面已经支离破碎，入口即化。

第六道菜，来自侯新庆师傅儿子侯益伟师傅的创意八宝饭，这其实是一道甜品兼主食。学习西餐出身的小侯师傅，将传统的八宝饭的糯米改为糯米粉，桂花糖代替白糖，加上磨成粉的酒酿和马爹利酒，做成慕斯蛋糕，上面叠加一颗小小的雪糕和脆饼，确实充满创意。甜品改良得更符合现代人的口味，不太甜。

是不是发现没有汤和蔬菜？是的，这是美中之不足，估计是条件有限，毕竟是在深圳海上世界艺术中心，这里估计没有太充分的烹饪条件。或许是汤和青菜难有创意，这个以创新为主题的美食剧场直接把这两个环节忽略。宴会菜其实都是难以称上好吃的，人数众多，要保证食物的温度都困难，当晚的六道美食，除了松茸牛肉，其他都是冷冰冰的，这也是遗憾之一吧。

但宴会也给大家带来了热闹，一众美食好友见面，很是欢乐。与一晚上大秀恩爱的麦广帆大师和虹姐、热情得动不动就来个拥抱的蚝爷、汕头阿舍林少蓬兄、挑剔得很有道理的容太、老实巴交的小李、充满创意的郭元峰师傅相约在一起，也不容易，这也是马爹利美食剧场给我们带来的附加值吧。